未来の余白から

Ⅱ

稳やかな時間　感謝のとき

最上敏樹
Mogami Toshiki

婦人之友社

バーゼル市ケラート通り27番地。
二〇一九年まで この建物が若者の勤務する
研究所だった。
いまはライン河の対岸に移転したが、
かつてのこの建物を、研究所の誰もが
愛おしみ続けている。

最上敏樹

第1章 痛みを感じる力――2018年

第2章 記憶の共有――2019年

第3章　いま、ここで、支え合う――2020年

第4章 平和をあきらめない――2021年

本書は『婦人之友』2018年8月号～2021年8月号に掲載された中から24篇を選び加筆・修正、書きおろし1篇を加えたものです。

第1章 痛みを感じる力

美しい雪の結晶。
人々の呼びかけを聞いた
「主」の応答で
あるかもしれない。
©片平孝／アフロ

あなたを忘れない

2018年10月号

太陽がいっぱい

バーゼル（スイス）の上空は気流が安定しているらしく、弱々しく崩れやすいはずの飛行機雲がよくできる。加えて、一度できると空に残りやすい。日によっては、いちどきに10本も空に長い線が描かれていることがある。はてしなく広がる青い空、他にあるものといえば、やわらかな筆に白い絵の具を含ませ、軽く刷《は》いてできたような毛状雲だけ。それは消え入りそうに繊細な雲で、世界が美しいのはこういう壊れものでできているからだ、と実感させられる。

とはいえ、日本と同じく、２０１８年のヨーロッパも言葉にならぬほど暑かった。ライン河には朝から夜遅くまで大勢の人が泳いでいる。流れがけっこう速いので、泳ぐというよりはむしろ、浮き袋につかまって流されているといった風情だ。ともかく、週日でもこんなにたくさんヒマな人がいるのかと感心するくらい、悠久の大河で「流されている」人が多い。

猛暑のなか、夜の天気予報では「明日も太陽がいっぱいです」と告げられ、朝の天気予報では「今日も太陽がいっぱいです」と告げられる日が続いた。もういいよ、とぼやいてはみるものの、それほどに晴れわたっているからこそ今日も飛行機がかぼそい雲を作れるのだな、と思い直す。過酷な試練とはかかない美は背中合わせなのだろう。

「太陽がいっぱい」などと小じゃれた訳をつけたが、別の言い方をすると、要するに「カンカン照り」ということ。こういう気候になって初めて、バーゼルの中心部は街路樹が少なく、歩行者がカンカン照りに直撃されやすい街なのだと気づいた。その点ではパリやローマなどのほうが、逃げ場が多くてよいかもしれない。それでもやはりバーゼルさ……と言うのは単なるひいき目か、それとももう少し立派な理屈があってのことか。

『太陽がいっぱい』は、言わずと知れた、アラン・ドロン主演のフランス映画である。哀愁を帯びた主題曲をイタリアの作曲家ニーノ・ロータが作った。イタリア・フランス合作映画『山猫』や米国映画『ゴッドファーザー』の主題曲などと並ぶ、彼の傑作のひとつである。もともとクラシックの音楽家で、指揮者のリッカルド・ムーティも彼の教えを受けた。

だが何度かムーティの演奏会に足を運び、常々不思議に思っていたことがある。自分の敬愛する先生なのに、なぜ彼の曲を演目に入れないのだろう？　だがある日の演奏会でのこと。アンコールに入り、指揮台に戻ったムーティがタクトを振りおろすや、『ゴッドファーザー』が響きわたり、会場全体がその美しさに息を飲んだ。そうか、こういう短い曲は壊れやすいし、大事にとっておいてたまに演奏するからよいのかもしれない――。

昨日と変わらぬ今日

木陰に乏しくともやはりバーゼルがよいと考えることの論証をひとつ。いや、バーゼルに限らず、好きな土地についての一般論と言ってもよい。

好きな場所を離れるときに、誰しもがうしろ髪を引かれるような思いをいだく。そのときの心理は人により異なるだろうけれど、ぼくがいだくのは、この街で今日も何の変哲もない生活をしている人々が、明日もまたここでこれと同じ生活をするのだな、という感慨である。毎日ケバブを焼いてわずかな代金で売り続けるおにいさん、街の小さな書店を今日も明日も守るおばさん、毎朝同じカフェの同じテラス席で朝食をとるおじいさん。こういう同じ光景が続くこの美しい街に、明日、自分はいない。その断絶への思いがいとおしさをかき立てる。

だから、夏休みになるやいなやバーゼルに戻った日、小さなことにとても感動した。数カ月前にここを去る日、駅前の本屋さんで年配の女性店員がワゴンを店内に片づけていたのだが、街に戻ったその日、同じ店員さんがワゴンを店外に出す瞬間に出くわしたのだ。まるでわずかな中断のあと、何事もなかったかのように同じ場面が再開して、ぼくは訳もなくうれしくなった。

この街には、戻ってくると昨日と変わらぬ今日がある。そう考えたら、このあとは一時去るときにもいちいち寂しい思いをしなくとも済む、と妙な安心をした。

ふるさとを奪われる人々

『ウンベルト・サバ詩集』（須賀敦子訳・みすず書房）初版本の帯に、訳者の文章の抜粋として、「たぶんトリエステの坂のうえでは、今日も地中海の青を目に映した、《ふたつの世界の書店主》、私のサバが、ゆったりと愛用のパイプをふかしているはずだ」というくだりがある。

元の文は、回想をまじえて過去と現在が交錯する、もう少し複雑な言い回しだった。だが、やや短くされたこの文は、なつかしい場所が心ににじみ出す瞬間をさらりと言い現した、素敵な文章だ。自分の魂を安らがせてくれたものへの柔らかな追想、その場所を離れて何もかも失うのではなく、帰ったときにそのまま再開してくれるものがあることへの信頼。それはまた、誰にも壊してほしくない《ふるさと》というものの本質でもあるだろう。

他方で同時に、世界の歴史は、ふるさとを追われる人々、そこに帰れない人々、ふるさとを破壊されたまま取り戻せなくなった人々に満ちてもいた。いや、いまもなおそうである。はるか昔から土地を追われ続けたユダヤ人、現代ではそのユダヤ人によって土地を追われたパレスチナ人、そのほかありとあらゆる政治難民・経済難民・環境難民。そういう、歴史からも消される人々こそが歴史を織りなしてきた。あそこに帰ればパイプをふかす老人がいるとか、今日もワゴンを出し入れする書店員がいると確信できるのは、とても贅沢なことかもしれないのだ。

そしてそれは、けっしてよその地の過去のできごとではない。数々の自然災害による不幸や、戦争によるふるさと喪失もあるが、こんにちでもなお、原発崩壊でふるさとを失ったに等しいフクシマおよび周辺の人々がおり、容易にはかつての状態に戻せぬほどふるさとを破壊されたオキナワの人々がいる。これはもはや郷愁の問題ではない。人間が人間として扱われているかどうかの問題なのだ。

愛のない国で

8月8日、沖縄の翁長雄志知事が亡くなったというニュースが伝わってきた。このスイスでも、海外でも名高いチューリヒの新聞のデジタル版が、過度に感情をこめることなく、中央政府の政策に毅然と抵抗し続けた知事の死として報じた。同紙は2年前にも翁長知事のインタビューを掲載していて、その記事は「翁長知事はとても人なつっこい人だ」という一文で始まる。あまり感情移入しないこの国の報道ではめずらしいことだ。

翁長知事とは面識があったわけではない。だから個人的にどういう方であったかは何も知らず、知っているのは報道で伝えられたことだけである。保守政治家の家系に生まれ、ご本人も自民党所属の政治家であったこと、長らく米軍基地容認であったが、2014年に知事になる際にこのままではいけないと決断したこと、普天間基地の移設という美名のもとに辺野古の海を破壊し、危険と犠牲を引越しするだけの政策に抵抗し続けたこと。他には、自分と同い年で、ぼくの1週間前に生まれていたということだけだ。

それしか知らないが、それだけでこの方を悼むには十分だと思う。日本から断片的に伝えられる情報の中に、翁長知事が政府を批判して「日本の政治には愛がない」と語った、というものがあった。「沖縄には魂の飢餓感がある」という言葉も伝えられた。このふた言が、あらゆる合法的手段を用いて死ぬまで抵抗を貫いたのはなぜか、それを語って余りある。

翁長知事が中央政府への抵抗を続けることにより、沖縄県民のあいだには亀裂が生まれ、疲労感も強まった、という批判的な声も聞こえてきた。そうかもしれない。しかしそれは抵抗する知事のせいだろうか。そういう亀裂や疲労が生まれたから危険も犠牲も受け入れればよい、と結論すべきなのだろうか。こういう、文字通り命がけの抵抗を歯牙にもかけず、ひたすらに犠牲を押しつけた側の責任はどこに行くのだろうか。

「魂の飢餓感がある」人々に対して「愛がない」というのは、まさしくこういうことを指している。ふるさとをこれほど完膚なきまでに壊され、それに立ち向かっていくら反対の声をあげようと一顧だにされない。さきの大戦であれほどの犠牲を負わされたのに、それへの抜本的な償いもないまま破格の負担を押しつけられ続ける。いくら言っても何もしてくれないという

「飢餓感」がつのっても、中央政府は「問答無用」（翁長知事）を貫く。ほんとうに「愛がない」のだ。犠牲を負わされる人々の痛みを感じる力が、たしかにこの国の政治支配層にはない。

沖縄問題については以前にも書いたので（『婦人之友』2015年8月号）同じことをくり返すのはやめておこう。こういう非人間的な事態に対して何もできない、自分の無力を恥ずかしく思う。それでも政府に対してはもう一度、こう言っておく義務があるだろう。国民の、それもごく限られた一部にここまでの飢餓感を覚えさせる政治はもはや政治ではない、と。そしてこれほどにも犠牲者の痛みを感じる力のない政治家には政治を担う資格がない、と。

愛の応答を求めず

同い年の自分などより長く生きるべきだったのに、ふるさとの人間たちのために命の限りを尽くし、先に逝ってしまった人を思う。痛ましさを覚え、しかしそうして尽くせる対象があった点では幸せであったにちがいない、とも思う。あなたの負った受難と苦闘に思いを致し、会ったこともないけれど、あなたをいつまでも忘れない。

ライン河のほとりでそんなことを考えていたら、リルケ（1875〜1926）の詩の一節が心に浮かんだ。

もはや愛に応えてほしいと願うのではない。
そうではなく、おさえてもほとばしり出る声なのだ。
そして、それがきみの叫びの真実でなければならない。
わき上がる季節が空に押し上げた鳥のように
きみは無垢の叫びを響かせるけれど
季節のほうはほとんど忘れている。
その鳥が苦難を担った生きものであることを
そして
静かでやさしい大空にほうり出された
孤独な魂にすぎないのではないことを。

（「ドゥイノの悲歌」第7歌抄＝適宜改行を修整）

バーゼルの研究所、自室前の松の木によくツグミがやってきて、美しいさえずりを聴かせてくれる。そっとベランダに出て鳥を見つめ、耳を傾けていたら、いつしか飛び立ち、飛行機雲の流れる大空へと舞い上がった。今日は自分の歌声にじっと耳を傾け、応答してくれた人間が一人いた、と満足するのだろうか。

政治は、とくに日本の政治は、愛の世界ではない。だが民主主義は、権力が市民に応答することを義務づける制度である。たとえ愛がないのだとしても、いっさい応答せずともよいことにはならない。それどころか、民主主義のもと、権力者には人々の苦難と悲しみの声に応答する義務があるのだ。なのに沖縄では今日も昨日と変わらずにふるさとの破壊が進められ、人々がじっと耐えるしかない。そして永田町では昨日と変わらず、今日も明日も権力は心安らかに保たれている。

何も応答のない国で耐えぬき、自分たちはまっとうでありたい、だからあなたたちもまっとうであってほしい——そう言い続けたあなたを、ぼくは尊いと思う。尊いと思うから、そういうあなたをいつまでも忘れない。そして、あなたと共に歩んできた人々を、いつも覚え続ける。

境界をまたぐ芸術家たち

2018年11月号

シルス

11×15センチほどの小型版だが、クリスマスか何か心あたたまる日、親しい人たちに贈りたいと考える本がある。タイトルは『シルス』、著者はゲアハルト・リヒター、1992年にケルン（ドイツ）の出版社が刊行した。

表紙に描かれた絵／写真が、すうっと遠い奥に引き込まれるように美しい。雪の中、夜の闇につつまれて浮かぶ1軒の家。窓からは暖かい灯がもれている。スイス・アルプスの東端、エンガディン地方のシルス・マリア。そこにある、ニーチェ・ハウスと呼ばれる家だ。屋根も煙突の上もうっすらと雪が覆い、家の前にも純白に積もっている。

この家で、19世紀最後の20年ほどのあいだに何度か、ドイツの哲学者フリードリヒ・ニーチェ（1844〜1900）が暮らした。『悲劇の誕生』や『ツァラトゥストラはかく語りき』といった、むずかしい本で知られる学者である。10年間バーゼル大学の教授を務めたあと辞任し、愛するこの村で折々を過ごした。かくも単純きわまりなく美しい村で、なぜあれほど複雑なことを考える気になったのだろう。凡人には不思議でならない。

ニーチェと同じく犬養道子さんも愛した（『婦人之友』２０１７年10月号）このシルス・マリアに、去る8月、ようやく行ってきた。ほかに目的はなく、犬養さんの感慨をたどるだけのため。狭い国とはいえ、途中からほとんど山岳鉄道になるので、バーゼルから最寄りのサン・モリッツ駅まで4時間以上もかかり、そこからさらにバスで山道を20分ほど走った。

完璧な静謐《せいひつ》がこの村を支配している。ときおりのバスとわずかな自家用車の音、観光馬車の鈴、あとは人々の静かな話し声。ことさらに静寂をつくり出そうとしているのではない。周囲に高い山がそびえているから、たいていの音は天空に吸いこまれていくのだろう。村の北東には広い草原があり、その先にはシルヴァプラーナという湖が澄みきった水をたたえる。これも音を吸いこみ、村はさらに静かだ。犬養さんと同じく、ここを人生最期の場所にしてもよい、と思う。

村の南東にはシルス湖という別の湖があり、対岸はマローヤという村だ。『婦人之友』２０１７年10月号で「マローヤのヘビ」と呼ばれる雲を紹介した。小高い物見台に登り、マローヤのヘビが谷から奔《はし》ってくるのを待ちかまえたが、1時間以上たってもわき起こる気配がない。仕方なくあきらめた。奔り雲に出会えなくても、この静謐だけで十分。

ゲアハルト・リヒター

ゲアハルト・リヒター（1932〜）もこの村をこよなく愛する一人である。現代ドイツを代表する画家／写真家で、冒頭の本も、1992年に彼がニーチェ・ハウスで開いた小さな個展がもとになっている。本自体は当初の発行部数が少なく、いまでは簡単に買えない値段になってしまった。だから、親しい人たちに贈りたいなどと言ってみても、非現実的な夢でしかない。

彼を画家／写真家と言い、作品を絵／写真と呼んできたのには理由がある。油彩画も描くし写真も撮るが、写真の上に色を塗り、あるいは写真をもとに絵を描き、写真でも絵でもない作品をしばしば生みだすからだ。その結果、絵とも呼べるし写真とも呼べる作品が生まれる。『シルス』もリヒターの文章はなく、スイスの山岳地帯を素材にした数十点の絵／写真が収められている。1点1点がそこはかとなく美しい。

リヒターの作品の現物を意識して観たのは、バーゼル美術館が初めてだった。現代美術に対する関心が強くないため、これまでは見ても何となく素通りしていたのだろう。それがバーゼルでは一変した。『ティツィアーノの受胎告知より』と題された、5枚の連作に目を奪われたのだ。

大きいのは約200×250センチほど、小さいほうでも150×200センチほどもある。最初に目に入ったのはカンヴァス全体に赤っぽい靄《もや》がかかったような抽象画だった。その隣に、前の絵より朦朧《もうろう》としていない絵がかけられている。ぼんやり絵の具を広げただけに見えるが、何か共通性があるし、どうも連作のようだな——。次の絵に行くともう少し視界が晴れて、かすかに人影とおぼしき形が見えてきた。4枚目はさらに具体味を増す。5枚目になってようやく、「ああ、あの絵を主題にした変奏か」と気づいた。

あの絵とは、ティツィアーノの『受胎告知』(1540年頃)である。この画家には同名の大きな祭壇画もあるが、ここで引用されているのは、大天使ガブリエルと聖母マリア二人だけを描いた、少し小さめの作品。ガブリエルの輝く肌とマリアの黒い衣装の対比が鮮やかで、静かな緊張感にあふれ、数多い受胎告知画のなかの傑作だと思う。

その絵を約430年後、リヒターが引用し、まったく別の美しさを放つ絵画に変貌させた。ただし、そこにあるのはティツィアーノではなくリヒターその人である。最も具象画に近い5枚目でも、ティツィアーノの「模写」ではまったくない。レースのカーテンをかけるようにぼかし、別物に変えている。面白いもので、こうしてあらためて5枚を見つめかえすと、ただの抽象画になったはずの絵でさえ、奥にはティツィアーノがいると感じさせられる。

虚と実のはざまに

この連作は、ぼくが最後に観た、最も具象的な1点から始めるのが教科書どおりの鑑賞コースらしい。だがぼくはそれを逆順で観て、かえって強い印象を受けた。現代美術ファンではない自分が最初の抽象画に目を奪われ、逆順に観ていって最後に謎解きができる、そのことの面白さを感じたのだ。しかも、ぼんやりと絵の具を塗り重ねただけのような抽象画も、それぞれに美しく異彩を放っている。

これは傑作だ——。ぼくは5枚の絵を穴のあくほど見つめた。解説を読みたくて絵に近づき過ぎ、警報音が鳴りだす。あらら。その次に行ったときもまた鳴らしてしまい、行くたびに監視員に目をつけられるハメになった。

この連作自身は写真を使わずに描かれた、リヒター自身による油彩である（1枚のみは精密複製）。それでも最も具象的な1枚はきわめて精巧な模写に近いし、この画家が抜群のデッサン力を備えると同時に、写真への強いこだわりを持つことがうかがわれる。

他の作品も考慮に入れての判断だが、彼の作品を見ていると、何が絵で何が写真なのか分からなくなる。いや、分かるかもしれないが、どちらであるかがどうでもよくなる、と言ってもよい。まちがいなく山岳写真のはずなのに、空に自然現象ではない模様が絵の具で描かれている。それも、みごとに空に溶けこんで。あるいは、写真と見まごうほど写実的な油彩画なのに、ブラシやヘラを使って表面の絵の具を散らす。これは絵？　もとは写真だった？

どちらでもよいのだ。いずれであれ、単なる写真でも単なる絵でもない美しさがある。しっかりした造形があり、色づかいにも独特のバランスがある。であるなら、それが絵であるか写真であるかは本質的なことではない。写真を絵のようにしてしまった美しさもあれば、絵を写真のようにしてしまった美しさもある。しかも、そのどちらとも決めがたい。そうして虚と実の境目を曖昧にし、なおかつその両方の美しさを残しきる能力に、ぼくは驚嘆する。

わたしたちは常日頃、あれか・これかという二者択一にとらわれ過ぎのことが多いのではないだろうか。むろん、一つだけ選択しなければならない局面は多い。辺野古に軍事基地を建設すべきかどうか、など。逆に二者択一で決めてはならないこともある。人間の性を男か女かどちらかでなければならない、とすることなど。

世界はとても繊細にできていて、簡単に線を引けないことはいくつもある。たとえば暮れなずむ日没のひととき。昼でもなく夜でもないが、夜になるのをためらう昼の様子こそが美しい。あるいはまた、秋というより冬の始まりというべき、北国の夏の終わり。シルス・マリアでもぼくは、冷たくなり始めた風を感じて、ああ冬が始まろうとしているのだな、と思った。

ルツェルン音楽祭

今年は米国の指揮者で作曲家、レナード・バーンスタイン（1918〜1990）の生誕100年とあって、スイスや近辺の国では、放送もコンサートもバーンスタイン一色という趣きだ。バーンスタインといえば『ウエスト・サイド・ストーリー』、それでおしまいという人も多いが、指揮者として世界最高峰の一人だったし、作曲家としても名高い曲をいくつか残し、さらにクラシック音楽だけでなくジャズにも造詣が深かった。

時あたかもルツェルン音楽祭のまっ最中、バーゼルから1時間だし、ちょっと出かけて聴いてこよう。そう考えて探索したら、1日だけ身体の空く日の切符が手に入った。サイモン・ラトル指揮のロンドン交響楽団、ピアノ独奏はバーゼル在住のクリスティアン・ツィマーマン。曲目はバーンスタイン交響曲2番ほか。この交響曲がピアノ協奏曲のような構成で、それゆえソリストが登場する。

あれこれの事情で、5階建てホールの5階バルコニー席を購入した。こういう高さの席で音楽を聴くのは初めてで、ほぼ箱型の直方体がまっすぐ上に伸びているから、身を乗り出すと谷底を見下ろす気分になる。

演目にひかれて切符を購入したわけではなかった。だがバーンスタインが始まり、この選択が誤りではなかったと納得する。いままで現代音楽に食指の動かなかったのはなぜなのだろう――そう思うほどすばらしい演奏で、認識を一変させられる思いだった。この曲のＣＤも持っているのに、一度聴いたきりで棚の奥に放りこんである。

おそらくそれは、現代音楽に分類されてはいるが徹底的に無調であるわけではなく、彼らしくおさまりのよい音階を使っていることも一つの理由だろう。くわえて、途中何度もジャズのテンポやリズムになる。それも管楽器や打楽器だけではなく弦楽器を十分に響かせるから、純然たるジャズにはならず、クラシックの色彩は保たれる。だが分類はどちらでもよい。どちらだと言っても秀作だからだ。

祝祭のあとで

ジャズのビートになったときのツィマーマンもすばらしかった。もともとはショパン弾きのこの人が、まるでジャズ・ピアニストになったかのように激しく弾く。そして、いくつかあるピアニシモの音符のときの、果てしなくかすかな音。それが5階席まで静かにしっかりと届いた。

そのあと小さな事件が起きた。演奏が終わって拍手が鳴りやまず、ツィマーマンが何度もステージに呼び戻される。ついにアンコールとなったが、すぐに演奏せずにスピーチが始まった。悲しいかな、5階席までは声が届かない。何を言ったのか、周囲のスイス人たちもよく分からない様子で、まばらな拍手がおき、アンコール曲が演奏された。

バーゼルに帰る夜の電車の中で、やはりコンサートにいたスイス人と意気投合し、しゃべりづめになった。そうそう、アンコール演奏の前にツィマーマンが何を言ったか聞こえましたか？　いえ、5階席だったのでほとんど何も。そうですか、あのとき彼は、スイスの武器輸出を批判したのです。ああそうか、そのせいで、よく聞こえたはずの下の階でも当惑だけが広がったのか――。

スイスの武器輸出にはぼくも否定的だが、「所かまわず」の政治批判がよかったのかどうか、いまも分からない。その日分かったのは、祝祭気分のルツェルンの夜が美しかったことだけだ。ホールそばの湖の周囲を、ライトアップされた建物が埋める。華やかかつきらびやかな風情で、バーゼルにはないものだ。そして思う。こんな華やかさもきらびやかさもないバーゼルが、ぼくはやはり好きだな。ひょっとするとツィマーマンも、そんなバーゼルの風土にすっかりなじんで、盛装した人々の前で「所かまわず」の本音を吐きたくなったのだろうか。

クリスマスのかたわらで

２０１８年12月号

ハレルヤ

バーゼルに移るすこし前、２０１６年から17年にかけて、ドイツのハイデルベルクに短期間滞在したことがある。アパートが決まるまで、街の中心部、ビスマルク広場近くの小さなホテルに仮住まいしていた。12月に入り、クリスマス市《いち》も立った頃で、ロビーのテレビから毎日同じ歌が流れてくる。英語で歌われ、ハレルヤという言葉が何度もくり返された。初めて聞く歌だったが、曲も美しく、女性歌手もきわめてうまい。これは何だろう。

それが『ハレルヤ』という歌で、歌っているのがヘレーネ・フィッシャーという歌手だと知った。作詞作曲はレナード・コーエンという有名人で、歌うヘレーネ・フィッシャーも欧米ではスーパースターだという。あとで聞いたが、日本にもファンは少なくないらしい。

たしかに並はずれた歌手だ。美声で声量はたっぷり、音程は正確だしリズム感も抜群。この『ハレルヤ』という歌など、しっとりしていて胸にしみいる。歌詞の内容はクリスマスではないのだが、もうすぐ幸せな季節が始まることを感じさせる、やさしい気高さに満ちた曲想だ。

毎日それを聴くたびに、すこし感傷的な気分になっていた。その数年前、国際会議でそこに来て大きく体調を崩し、数日間ほとんどホテルで寝たきりだったことが脳裏に浮かんだからだろう。ビスマルク広場に面したホテルで、どうにか起き上がれる時に窓から外を見ると、正面の花屋さんが朝も暗いうちからたくさんの花を広げていた。ほかは何も覚えていないが、それだけはあざやかに記憶している。

それにしても上手な歌手だ。こういう世界にうとく、それまで知らなかったが、1～2枚CDを聴いてみるとどれも秀逸だ。にぎやかなロック調の曲もあって、その手のものは苦手だが、バラード系ならばゆったりと味わうことができる。体力と運動神経、そして体型にも自信があるようで、サーカスまがいのステージを見せている映像まで出てきた。やや露出過多でもあり、度肝を抜かれたが、そんな付加価値をつけなくとも歌唱力だけで十分なのに、という気がする。

しっとりした歌だけを試聴してみたいという方には、『ハレルヤ』も収められた、『クリスマス（Weihnachten）』というアルバムなどが最適かもしれない。ほぼ同じ曲目が歌われた、ウィーンでのクリスマスコンサートのライブ映像もあり、これもヨーロッパのクリスマスの様子を堪能できる。世界には、知らぬところに知らぬ才能があるものだ。

ヴォルガ・ドイツ人

ドイツのポップス歌手の並はずれたうまさだけに関心が向いたのではない。この人がシベリア生まれという記述に目がとまり、それに好奇心がわいたのだ。シベリア生まれのドイツ人？ロシア駐在員の家庭の生まれかな、それともドイツに移民したロシア人なのかな？

それだけならただの野次馬だが、いや、ひょっとして「あれ」だろうか、と思いついたのだ。「あれ」とは何か。

16世紀頃から、ロシアにはドイツから移民する人が数多くいた。主としてヴォルガ川の周辺だったが、20世紀に入り、ソヴィエト連邦（ソ連）の政府によってシベリアに強制移住させられた歴史がある。そのことと関係があるのだろうか、というのがぼくの好奇心。しかしこの人は1984年の生まれだそうだし、そんなことはないだろう……。

うまい具合に、すでにドイツでは芸能人評伝のような本があって、いちおうの確認ができる。（たとえばConrad Lerchenfeldt, *Helene Fischer*, 2014）それによれば、たしかに昔からの移民の家庭の出身で、クラスノヤルスクの生まれ、1988年にドイツに移住したとある。シベリアといっても日本海の近くではなく、むしろロシアのほぼ中間に位置する街だが、それでもシベリア地区には違いない。

国名としては、まだソ連があったころだから、ロシアというよりソ連出身。名前も、生まれた頃は Елена Петровна Фишер（エレーナ・ペトロヴナ・フィッシャー）とキリル文字の表記を持っていた。いずれにしても、つい最近の時代にまだ、シベリアからドイツに「帰国」する人がいたのか――。驚きの事実だった。

16世紀以来のこの移民史については、すでにすぐれた解説書があり（アルカージー・ゲルマン／イーゴリ・プレーヴェ著『ヴォルガ・ドイツ人』、鈴木健夫ほか訳、彩流社）、以下に述べる事実関係はほぼ同書に負っている。

それによれば、ドイツからの移民は皇帝エカチェリーナ2世（在位1762～1796）の時代に急増した。北ドイツ出身の女性皇帝である。入植先がおもにヴォルガ川流域だったため、ヴォルガ・ドイツ人と呼ばれることになった。19世紀末には40万人近くに達したという。職業はさまざまだが、おもに農業が多かった。

シベリアに強制移住

一部には豊かな移民も生まれたが、総じて貧しく、とくに時代の転変に何度も翻弄された。1914年の第一次世界大戦（ロシアとドイツが敵国同士）、1917年のロシア革命、1921年からの大飢饉。1920年頃には努力が実ってソ連内の「ドイツ人自治共和国」建設を認められるが、第二次世界大戦で再び「二つの祖国」が敵国同士になり、さらに辛酸をなめさせられた。

ソ連軍に志願した人も多かったのに、1941年にはついに、シベリア等への移住を命じられる。同年9月の20日たらずの間に、約43万人が列車に詰め込まれて移送された。その様子の記録を読むと、まるでナチス・ドイツによるユダヤ人強制移送のようだ。歴史はくり返す。

戦争が終わり、ソ連で生きると決意したドイツ人たちは自治共和国の再建をめざしたが、うまくいかずドイツへの帰国（300年ぶりの！）を決意する。だが共産主義国からの出国は簡単ではない。どうにか大量に出国できるようになったのは1980年代、とくに冷戦が終わりソ連が崩壊してからだった。1992年から98年までの間に120万人ほどが出国し、ドイツに「帰国」したという。

フィッシャー一家は、この大量出国の初期のころにうまく出国・帰国していたことになる。1988年というと、ぼくはその前年の1987年、スウェーデン一時移住のためにシベリア鉄道で大陸横断し、クラスノヤルスクも通過していた。あの街のどこかに、まだ3歳だった後代のスーパースターが暮らしていたのか、といまにして思う。

「帰国」といっても、何代もロシアで暮らしていたのだから（ドイツ語を失わずにはいたが）外国に移住するのとかわりはない。ドイツで出版された評伝（前出）にも、家族の中には「帰国」への抵抗もあれば不安もあった、とある。帰国荷物の中には、当時は貴重品だった音楽カセットが1本だけあり、幼いヘレーネがそれを肌身離さず聴いていた……というのは少し脚色くさい。ともあれ一家は、フランクフルト近くのマインツ周辺で定住先をさがし、ヴェルシュタインという小さな街に住み着いた。

「人間」になるまで

この一家がどれほど豊かだったたか、あるいは貧しかったたかは分からないが、全体としての移住ドイツ人が3世紀にわたってたどった過酷な運命は、国家というものの身勝手さ、不安定さ、気まぐれを伝えてあまりある。送り出す国は「口減らし」のつもりだが、受け入れる国は安価な労働力であることだけ期待し、意のままにならないと迫害する。送り出した国は手出しできないか、火中の栗を拾いたくないから見殺しにする。ついに本国に「帰国」しようとしても、住み着いた第二の祖国が外に出してくれない。

国籍とか市民権というものは、かくも国家権力に横暴な力を与えるものなのだ。

国籍あるいは市民権は、功罪あわせ持つ、ほとほと複雑な制度である。一方では、それを持たないと市民としての権利がいっさい与えられない悲劇も起きる。他方でそれを持つと、与えた国家の思いのままになり、かえって自由を制約されることも多い。国家が勝手に剥奪することもある。これが、地球の表面がいまなお主権国家ごとに区分されていることの、なにより大きな問題点だ。

他国に移り住んでその国民になる人もあれば、あくまで母国への帰属を保つ人もいる。何がそれを分かつのか。大ざっぱに言うと、生活が安定し、人間としての権利が十分に保障されれば、人は移住先の国民になってもよいと考える。逆にそれらが与えられなければ強い母国人意識を保つ。

ちなみにヴォルガ・ドイツ人の中には、18世紀の末、最終的に南北アメリカ大陸にまで移り住んだ人々もいて、いまなおドイツ人コミュニティを作っている。人間は人間らしい境遇を享受できるようになるまで、移動可能な動線に従ってどこまでも渡り歩くものなのだ。

ヘレーネ・フィッシャーの歌声に何かしら希望を感じるのは、うまさだけが理由なのではない。盤石であるかに見える主権国家体制のすき間をかいくぐって人が移動し、ようやく人間らしさを獲得した——そのことを実感させてくれるからなのだと思う。

主よ、誰かが

『ハレルヤ』同様、クリスマスの歌ではないのに、きまってクリスマスのころに歌われることの多い曲がほかにもある。たとえば『クンバイヤ』などがその例だろう。

「主よ、私のそばに来てください」という意味で、東南アジアのどこかの言葉のような響きだが、実は英語である。アフリカから連れてこられ、奴隷として働かされていた黒人たち、のちのアフリカ系米国人たちの間で生まれた黒人霊歌の一つで、その人たちに独特の英語ではそういう発音になった。

きわめて単純な歌詞のくり返しである。くり返しを最小限にして歌の主要部分をひろい出すと、

主よ、私のそばに来てください
主よ、私のそばに来てください
誰かが泣いています、主よ
誰かが泣いています、主よ

主よ、私のそばに来てください
主よ、私のそばに来てください
誰かが呼んでいます、主よ
誰かが呼んでいます、主よ

という具合になる。多くの人が歌っているが、1994年にウィーンのクリスマスコンサートでノルウェーの歌手、シセル・シルシェブーが歌ったものが、ぼくはいちばん好きだ。暗いステージ、一瞬の静寂を破るように、高く美しい声で「クンバイヤー」と歌い出す。それはまさに、言葉にならぬ言葉をしぼり出す人々の祈りのようで、何度聴いても魂が洗われる。

歴史の中で、多くの人々が主に向かって泣き、主を呼ばわってきた。祖国から遠く離れたシベリアのドイツ人も、戦災や天災に遭って苦しみ抜く人々もそうだった。なすすべもなく、泣くだけ、呼ぶだけしかない人々が絶えず続いている。今年もまた、「ドイツ人」ヘレーネ・フィッシャーの『ハレルヤ』を聴きながら、ハイデルベルクで何人か見かけた路上の物ごいの姿をぼくは想い出す。

日本では2018年も自然災害が多く、多くの人が苦しみにさいなまれた。その一つ、大地震のあった北海道はそろそろ雪の季節のはずだ。雪は天からの手紙（中谷宇吉郎）というし、たしかに平和な時ならこれほど美しいものもない。だが、液状化した土地の上で損傷した家に住む人々には、屋根の上に重く積もる雪が大きな恐怖だという。その方たちもそれぞれの「主」に呼びかけているに違いない。その声が天まで届くことを、ぼくは堅く信じている。

第2章 記憶の共有

セーヌ左岸から見た
ノートル・ダムの背面。
美しくそびえた
尖塔が失われた。
©ONLY FRANCE／アフロ

2019年

ひとつの勇気、たゆとう過去

２０１９年２月号

非暴力主義者の誕生

暴力をふるったことが一度もない。人を殴ったり蹴ったりする、物理的な意味の暴力である。そんなことは当然であって、多くの方がそうであるだろう。少しだけ違う点があるとすれば、暴力はふるわないと、小さな子供のときに決意した点かもしれない。

３歳のとき、父親が母親に暴力をふるうのを目の当たりにした。何があったのかは知るよしもない。暴力をふるわれる母が、泣きながら３歳のぼくに助けを求めていたことだけを鮮明に記憶している。助けを求められても３歳の子供に何かできるわけもなく、母親を守れなかったことが深いトラウマになった。

そういうことが度々あったという記憶はないが、そんなものは一度あれば十分である。トラウマになると同時に、そのとき子供の心に、無抵抗の人間に暴力をふるうことがどれほど卑劣な行為であるかはしっかり刻みこまれた。絶対にこういう大人にはなるもんか――。小さな子供がまさか、と言われるかもしれないが、うそ偽りはない。

そういうわけで、ぼくの非暴力信条は考え抜いて形成されたものではなく、直観的に一瞬で出来上がってしまったものである。ではあるものの、ああだこうだ理屈をつけて安易な暴力肯定に陥るよりはましだろう。暴力は相手を傷つけ、目撃した人々の心を傷つけるだけではなく、おぞましく卑劣な行為をしたことによって、暴力をふるう当人をも傷つける。暴力は、当人のためにもふるってはならないことなのだ。

同時に、人間の、暴力を肯定する能力にも抜きがたいものがある。だいぶ前、ちょうど沖縄で小学生女児に対する米国兵士の集団暴行が起きたころ、一つの講演をしたことがあった。女性グループが主催した講演会である。ぼくは沖縄の事件にふれ、決してあってはならず、許されないことだと述べた。それ以外に言うべきことがあるはずもない。

質疑に移り、初老の男性が質問に立った。質問というよりむしろ意見。沖縄の事件は平時だからよくない、しかし戦時中に日本軍が行なった暴行や従軍慰安婦などは、戦場で気が立っている男たちの行為だからやむを得ない——。

ぼくが返答する前に、周囲の女性たちが「あなた、何を言うんですか」と批判し始めた。男性は反論するが、女性たちが次々に問いつめる。講演者はそっちのけで大口論会になってしまった。男性は「先生、このおばさんたちが私をつるし上げる。何とかして下さい」などと言っている。でもすぐに集中砲火。困ったな、折を見て割りこもう。

しばし口論会が続いたところで、一人の女性がやおら立ち上がり、急に思いついたように叫んだ。「そうだ、先生に聞いてみよう！」

ぼくはようやく仕事を返してもらった。そして言う。これは女性の皆さんのおっしゃるほうが正しいと思います。いまやそういう種類の暴力は国際法上も犯罪になっていて、いつか必ず裁かれます。理屈を並べれば許される行為ではなくなったのです――。

勇気ある医師

２０１８年のノーベル平和賞は、性暴力とたたかう二人の人々に与えられた。コンゴ民主共和国（ＲＤＣ。「コンゴ」は今は隣にある別の国である）のドゥニ・ムクウェゲ医師と、イラクのナディア・ムラドさん。前者は武力紛争下で性暴力の被害に遭った女性たちを心身両面で助け続けた人であり、後者は自身がひどい性暴力の被害に遭ったのにそれを乗り越え、根絶のための活動をしている若い女性である。２０１７年の授賞に次いで、ノーベル委員会が一般市民による反暴力活動への評価を強めていることを示した。人々を励ます、見識あふれる結果である。

ムクウェゲ医師についてはすでに２０１５年、『女を修理する男』（邦題も同じ）というすぐれたドキュメンタリー映画が作られている。いつだったか、スイスのテレビでも放映されたことがあり、バーゼルでそれを観た。こういうものを観ると、世界には計り知れない勇気と献身の心を備えた人がいるものだとつくづく感心する。同時に、この種の献身は一介の法律家にはできぬことで、ただ敬意をもって見上げるほかない。

RDC東部の動乱状況は、1994年に東隣のルワンダで対立民族間に大虐殺が起きたころから始まった。同じ民族対立を抱えるRDCがルワンダの余波を食らい、国内の権力闘争もからんで、あれこれの武装勢力が入り乱れる、統制不能な戦闘地域になってしまったのだ。

そのなかで、数知れぬ女性への性暴力が起きた。いまだに正確な統計もなく、「数知れぬ」というあいまいな表現を使うしかない。ムクウェゲ医師のチームだけでも5万人の被害者の手当をしたというが、これだけでも十分以上に「数知れぬ」数だろう。

『女を修理する男』では、制作する側も痛みをこらえつつ、想像を絶する蛮行を克明に描き出している。レイプだけでなく、性器に凶器を突っ込むといった行為も無数にあった。夫や子供の前でレイプしたり、わずか数歳の子供まで対象にしたり……。信じられない話だが、生後2カ月の赤ちゃんに性的暴力を加えた者までいる。正気の沙汰ではない。

ムクウェゲ医師が言う。これは性的欲望を満たすためにやっているのではなく、性暴力を兵器として使っているのです。「敵」の一般住民を震え上がらせ、抵抗する気力を奪うためにやっているのです。金もかからず手間もかからない大量破壊兵器なのです――。

敵とか味方とか言っても、各派が入り乱れての戦闘状況だから、誰がこういう蛮行に及んでいるのか識別できないことも多い。政府軍自体も略奪や暴行をやっているため、政府もきちんと処罰しない。そうしてこの勇気ある医師が、1998年、体も心もずたずたにされた女性たちを救うための病院を開いた。

女性が尊厳を取り戻す

各派が入り乱れ、しかも豊富な鉱物資源を奪い合うための内戦だから、ムクウェゲ医師の中立的な治療活動さえも、紛争当事者（政府を含む）にとっては「目ざわり」になる。それゆえ、たび重なる嫌がらせや生命に対する脅迫も受けて、一時はヨーロッパに亡命もした。

だがRDCの女性たちが呼び戻す。わたしたちには、ムクウェゲ先生がいなくてはならない――女性たちはパイナップル販売などで得たわずかなお金を集めて、帰国費用に充ててほしいと差し出した。そうして帰国した先生を、飛行場で迎える女性たち。笑顔と歓声が爆発する。筆舌に尽くせぬ苦痛を代償にして得た歓喜だ。こうして人間への希望が熱くつながれる。

ムクウェゲ医師は深く傷つけられた体を外科的に治癒しただけではない。被害者の心のケアにも当たり、とりわけ少女たちへのそれに力を入れてきた。性暴力を受けた女性は、自分が汚された・自分には価値がない、と自尊心を失うことが非常に多い。痛ましい限りだが、その傷ついた心の治癒をもムクウェゲ医師は行なうのだ。つらい体験を語るうちに突っ伏して泣く少女の肩にそっと手を置き、「だいじょうぶだよ」と励ます彼の姿は、ひとえに気高い。

簡単ではないはずだが、少しずつ女性／少女たちが笑顔を取り戻し、仕事も再開するようになる。医師が言うように、被害者のかなり多くが性器を完全に破壊され、もう二度と男性と交わる生活は取り戻せない。それでも医師の励ましで自分を取り戻す。それは恵みであると同時に、医師への大きな報いだ。神の存在を信じ、神に仕えて奮闘している人に対し、それくらいの報いはなくてはならない。

不処罰を乗り越えて

温厚なムクウェゲ医師だが、語気も強くくり返し強調する点がある。こうして性暴力をふるった者たちをしっかり司法の場で裁くべきだ、ということである。加害者がRDCにいるのか、隣国のルワンダやブルンジにいるのか、それすらはっきりしない難しさはあるのだが、手間ひまと費用をかければ不可能なことではない。RDC政府自身は（特に政府軍内の犯罪者に対して）まともな裁判をしてこなかったが、まずはそれだけでもやるべきなのだ。

こうしてさまざまな犯罪、とくに武力紛争状況での「人道に対する罪」（残虐な犯行など）を見逃し、しかるべき処罰を加えないことを、「不処罰」（impunity）と呼ぶ。しばらく前から国際人権保障の世界において、克服が強く求められている問題である。何でも厳罰主義で臨めばよいというものではないが、あまりに非人間的な犯罪を「おとがめなし」で済ますと、いつまでも類似の犯罪が絶えない。だから不処罰の克服が大切になるのだ。

ムクウェゲ医師はまた、ある大学の名誉学位授賞式において、実に注目すべき発言をしている。こうした蛮行が絶えないが、「大学の役割は、そういうことに対する《怒り》を教えることではないか」、と言ったのだ。

不正義に対する怒りを教える——。享楽的になり、浅薄なことに同調し、「どちらにも言い分があるから仕方がない」とすべてを相対化してごまかす風潮が広まる国（日本）にあって、この種の「怒り」は次第に共有されにくくなっている。だがそれは、まごうかたなく、奮い起こすべき正当な怒りである。ぼくは一人の大学人として、なんとしてもこの医師の呼びかけに応えねばならないと思う。

過ぎ去ろうとしない過去

ムクウェゲ医師の病院で、一人また一人と女性たちが回復していく。ある女性は心身の治療を受けるかたわら、少しずつ農作業を始めて貯金し、それを元手に商売を始めることにした。足りない分は先生が貸してくれた、と浮かべる大きな笑みの、なんと救いに満ちていることだろう。一人の医師が一人の女性を治癒することにより、わたしたちもみな、絶望から救われる。

同時に、これですべてが終わるわけではないということも、歴史の教訓として心に刻んでおかなくてはならない。これほどの残忍さの被害者たちは、献身的な手当を受けて一応の回復をし、勇気を持って再び立ち上がるが、それはおぞましい行為が「過去」になること、つまり「過ぎ去ってしまう」こととは違うのだ。体と心に受けた傷は、過ぎゆかぬまま、重くたゆとう。

「過ぎ去ろうとしない過去」という言葉は、１９８０年代にドイツの学者たちが戦わせた、ドイツ（特にナチズム）の歴史解釈をめぐる論争において、歴史学者のエルンスト・ノルテが使った言葉である。彼自身はそれを、「ナチスの行為だけに関心を集中させると、歴史への客観的なまなざしを失う恐れがある」と、警鐘の意味で用いた。

だがぼくは、少し違う意味で使っている。大づかみな歴史認識がどうであれ、非人間的な行為というものは被害者の心の中では消えないし、その限りで「いつまでも過ぎ去ろうとしない過去」になる、という意味である。

加害者のほうはそういう「過去」の蓄積を好まないし、早く忘れたがるだろう。だが被害者のほうは、許しはしても忘れはしない。だから過去も過ぎ去ろうとしない。加害者が裁かれ、賠償し、謝罪することによってしか、被害者にとっては完全な「過去」にならないのだ。日本と韓国のあいだの徴用工問題なども、国際法的には難しい面があるとしても、根っこに同じ問題がある。

　ムクウェゲ医師の献身と、それによって笑顔と尊厳を取り戻した女性たちは、未来への大きな希望である。だが同時に、そこにまた一つ、「過ぎ去ろうとしない過去」が生まれていることも想起しよう。人間の歴史はそういう「過去」に満ちており、その償いをしながら成り立っているのだ。その償いをすること、そして二度とそういう犠牲者を生み出さぬ世界を作ること。それなしには歴史の進歩もまた、ありえない。

　南に向かって開かれた窓。小春日和のやわらかな光が降り注ぐ。明日も続くべきこの幸せな光景の陰で、今日も誰かが暴力に泣き、誰かが懸命に治癒している。

ラ・ラーメン

2019年3月号

よう子ちゃん

子供のころ、とても明るいお手伝いさんが家にいた。よう子ちゃんという名で、北海道の東端の町から来たのだという。そこから急行で半日もかかる西端の町に、はるばる働きに来ていたものか。きびしい時代だった。

まだ十代であったろうに、自分の置かれた境遇のきびしさを漂わせることもなく、子供のぼくをあれやこれやで楽しませてくれた。陽気な性格で、楽しませる引き出しもたくさんある。その一つが、「フランス語を教えてあげる」というもの。ぼくが3歳か4歳のころだった。

よう子ちゃんの講義が始まる。「フランス語ではものの名前にぜんぶ「ラ」がつきます」。

(註:正しくは「ラかル、あるいはレ」です)。

「たとえばね、ラジオはラ・ラジオといいます」。(ここまでは正しい)。

「ふうん、じゃ、テレビは?」

「うん、それはラ・テレビね」(ここですでにあやしい。フランス語に「テレビ」という言葉はなく「テレ」である)。

子供の突っこみは進む。「じゃあ、ラーメンはラ・ラーメンというの?」「そう、ラ・ラーメン! よくできるね」。(ここで完全に破綻。ラーメンという言葉は、すくなくとも当時のフランス語にはなかった)。

日本人の生活のなかに英単語があふれ始めた時代だったから、そのことを除くと、ぼくが初めて教わった「外国語」だった。よう子ちゃんの戯れにつき合わされていたと気づいたのは、それから10数年後、フランス語の勉強を始めたときである。

それからさらに数年後、パリでラーメン屋さんに入ったとき、不意にその子供時代の記憶がよみがえった。おかしくなって、一人でしばらくクスクス笑っていたが、ラーメン屋さんは不思議に思ったことだろう。

よう子ちゃんはその後まもなく、わが家を去った。どうして辞めていったのか、子供が気にとめることもなく、のちに親に聞くこともなく、そのままで終わっている。ぼくのフランス語の「最初の先生」は、いまどこで何をしているだろう。

T先生

フランス語の入門は笑い話だけだったが、第二外国語(!)となった英語は相応にきちんと勉強した。少しはまじめに勉強した甲斐があったのか、おおむね英語には困らない。くわえて、かなりはっきりした米語の発音で、人からしばしば、留学したこともないのになぜですかと聞かれる。自分にも完全には分からないので、さあどうしてでしょうなどと適当に答えることが多い。

とはいえ、大事な想い出を吹聴したくないからそう答えているだけかもしれない、と思うことがよくある。札幌での中学時代に通った、英語教室の先生のおかげではないかという気がするのだ。

英語教室といっても、自宅の一室を使った小さな私塾で、中学生の遊びの延長のようなものだった。ぼく自身、友達を放課後に遊ぼうと誘っても皆がその「塾」に行っているので、仕方なくつき合いで行ったに過ぎない。

そういう不純な動機で通い始めた一中学生に、塾の先生が目をつけた。明らかに過大評価だったが、あなたには才能があると断定し、何やら会話の特訓が始まったのだ。教わるほうが呆れるほど徹底した会話訓練だった。居残りのレッスンもある。早く帰りたいな——でも同時に、子供にとっては「そこだけ外国」の時間でもあった。子供時代のこの特訓で、発音の基礎は固まったように思う。

T先生という方で、塾を始める少し前にアメリカから帰国したということだった。まだ外国人もめずらしく、外国帰りの日本人などさらにめずらしい時代だったから、服装もアメリカ風のT先生はとくに目立っていただろう。おまけに、眼がくっきりした青だった。無神経な中学生の一人が「先生の眼はどうして青いの？」とぶしつけに聞いたことがある。先生は少し沈黙し、寂しそうに「そうねえ、たぶん突然変異が起きたのね」と言った。おそらくご両親のどちらかがアメリカ人で、複雑な事情があったのだろう。

ともあれ、人からものを教わるのが下手な人間なのに、T先生からは本当によく教わった。感謝は尽きない。サンフランシスコでの生活が長かったらしく、特訓の合間に何度も、「最上くん、サンフランシスコは世界でいちばん美しい街よ。早く行ってみなさいね」とおっしゃった。

そのあとじきに、ぼくは進路の関係でその「塾」をやめ、それきり先生とも会うことがなくなった。言いつけどおり、海外に行けるようになってほとんど最初にサンフランシスコも訪れたが、その「世界でいちばん美しい街」の印象も話せぬままだ。ご存命であればもう一度お会いしたいと思う。お会いしたら、「先生、サンフランシスコも美しい街でしたが、ぼくはその後、バーゼルというもっと美しい街を見つけました」と言うかもしれないけれど。

絶滅危惧種

精確に言うと、よう子ちゃんの「フランス語」よりも先に聞いていた外国語単語がある。タンネンバウム（モミの木）およびリンデンバウム（菩提樹）というドイツ語で、母から教わった。母がドイツの修道会系の女学校に通っていて、ドイツ語が必修だったらしい。英語が敵性語（！）だった時代でもあり、同盟国言語を学ばされたのだろう。とはいえ、母から教わったのはその二つだけだった。樹木の名前しか教えない学校だったのだろうか。

ドイツ語の美しさも、年々感じるようになっている。日本ではよく、フランス語は愛をささやくため、ドイツ語は政治演説のための言葉だなどと言うが、それはヒトラーのアジ演説などについてであって、やさしく語るときの重厚でしっとりした響きは格別だと思う。こういう美しい言葉を話さぬままで人生を終える手はない。

同時に、いつも日本語を大切にしようと考えている。自分は偏狭な民族主義者ではないが、だれしも母語を美しく磨き上げる義務はあると思うのだ。

もっとも、正しく美しい日本語といっても、近年その崩壊は急速に進み、何が正しく美しいかの基準もはっきりしなくなっている。崩壊とは言いすぎではないかと言われるかもしれないが、文法も語彙も珍妙で意味が分からない表現が少なくないのだから、それを崩壊と呼んでも過言ではないだろう。たとえば、「ボク的には明日もホームランを打てればボクの中ではいいかなあとか思ったりするみたいな……」。この人は明日もホームランを打ちたいのだろうか、打ちたくないのだろうか。

ムダな言葉をつけ足し、同じ言葉をくり返して（たとえば「ほぼほぼ」）、ものごとを明断にきっぱりと言うことを、多くの人が避けるようになっている。人間関係を円滑にする柔らかい言葉を使うのならよい。だが多くはたんに、「自分はどちらでもない」と匂わすために言葉数を増やしているだけであるように思う。

かくして、ぼくの考えている「正しく美しい日本語」なるものも、次第に絶滅危惧種になりつつあるのかもしれない。そうであっても、日本語が意思疎通の道具であることをやめぬよう、まして人間同士が美しさを共有するための手段であることをやめぬよう、ギリギリまで抵抗はすべきだろう。実際、憎悪や偏見を共有し、まき散らすだけなら、言葉などいくら壊れていてもできるのだ。だからこそ逆に、言葉の正しさと美しさにこだわらねばならない。

たおやか

その絶滅危惧種保存会会員のところに、バーゼルの研究所の若い同僚、イザベルがやってきて、外国語に翻訳不可能な日本語を教えてほしい、と頼んだ。専門とは無関係だが、個人的にそのことへの興味がある人なのだ。

さて、どうしよう。日本語のまったく解らない人に日本語の奥深さを伝えねばならない。ぼくはずいぶん考えた。これこそが保存会会員の出番ではないか。

考えたあげく、「嫋《たお》やか」という言葉を教えることにした。まず彼女の目の前でその字を書いてあげる。それだけでイザベルはすっかり驚いた。「こんな複雑な字を書くの?」。

いや、まだ序の口。この言葉の意味があまりに複雑なのさ。無垢である、美しい、繊細でこわれそうだ、品位にあふれている、透きとおるようだ、清潔感に富む、楚々としている……。

彼女はなかば呆れ、「それじゃあ翻訳のしようはないわね」と言った。

いや、まだ問題があるよ。ぼくは言う——この字の左半分は『女』を意味し、右半分は『弱い』を意味するんだ。つまり、女は弱い、弱くあるべきだということが美しいことの前提になっている。この文字には、そういう古い日本文化が詰まっていて、そのことをぼくは肯定できない。だから、響きの点で「たおやか」という言葉は美しいと思うけれど、「嫋やか」という漢字をぼくは使わないのさ。

発展し変化する社会規範に合わせて言葉は取捨選択され、いくつかの単語や表現は消えていくだろう。そうではあれ、言葉の内側にひそむ複雑さや力は十分に理解しておくべきだ。そういう、いわば《言語の自己鍛錬》ともいうべき過程を経た「変化」ではなく、付和雷同の「破壊」だけになったなら、何語であれ言語は絶滅するほかない。

バベルの塔

バベルの塔という有名な言葉がある。旧約聖書『創世記』第11章に出てくる、人間の勝手気ままを罰するために神が多くの言語を作った、という話である。たしかにそののち、世界にはあちこちにバベルの塔が建ち、異なる民のあいだでは言葉が通じなくなった。だがそれがいつも罰なのだろうか、それだけが人間を隔てる垣根なのだろうか。

疑問の一つ。同じ言葉でありさえすれば、そこに不都合は生じないか。おそらくそうではない。たとえば沖縄の人々は自分たちの言葉であるウチナーグチではなく、ヤマトの言葉であるヤマトグチを使ってくれている。そのおかげでそこにバベルの塔はないが、ヤマトの政府が沖縄の人々を蹴散らして辺野古の美《ちゅ》ら海を乱暴に埋め立てるとき、言葉はまったく通じていない。同じ言葉を話すかどうかが決め手ではないのだ。

疑問の二つ目。スイスは公用語が四つある国だが、それぞれのあいだに意思疎通はあり、民主主義がしっかり実行されている。それをどう見るか。スイス人の同僚に「四つも言語があるのに、スイス国民としてのアイデンティティ＝同胞感覚＝はどう保たれているの?」と聞くと、「四つの言語を持っていることがアイデンティティなのです」という答えが返ってきた。

人間は最初から違っているのが当然、バベルの塔は前からあるのだし、それと折り合いをつけるのが文明、という世界観だ。バーゼルの研究所で経験したことだが、それぞれ言葉が異なることより、複数の人間がいて、その誰もが同じ数カ国語（たとえば英仏独）に堪能な場合のほうが難題となることがある。母語が同じ人間同士ならそれを使えばよいが、違う人間同士になり、しかし誰のあいだにもバベルの塔がない場合、「さて、どの言語でいこうか？」という選択が必要になるからである。

だが、そんなことは人間同士の連帯の妨げにはならない。塔があろうとなかろうと、共感が確固としてあるからだ。本当に問題なのは、言語という塔がないはずなのに、権力が人間の連帯を分断すべく、「非民主的なバベルの塔」を建てることである。それは神の望んだことではない。

子供のころから小さなきっかけが重なり、外国語への関心を持てたことの幸せを思う。同時にその過程で、母語を美しく磨くことへの責任と、人間同士の共感の有無は言葉が同じかどうかで決まるわけではないことを学んだ。その二つの確信が、自分が外国語に慣れ親しんだことから得た、最大の賜物だと思う。

無垢に誘《いざな》われて

2019年4月号

雪の連想

診察を受け終えてクリニックを出ると、遠慮がちに風花が舞った。2月の東京、ああもう春隣《はるどなり》だな。ちょうどその朝、バーゼルの友人から、「2月に入って本格的に寒くなりました」と便りがあったばかりだ。「あなたが帰って来る頃には寒さも最高潮でしょう」。

それでいいさ、とぼくはつぶやく。冬はきりりと寒いのだし、無垢の結晶のような雪があればなおよい。そしてひと雪ごとに冬が春隣になり、ついには春になって行く。そのこまやかな変化の、なんと恵みに満ちていることだろう。

雪からの連想はいくつもあるが、今年はとくに、J・D・サリンジャー（1919～2010）の短編小説『最後の賜暇《しか》の最後の日』（1944年）を想い起こす。休暇最後の日を実家で過ごす若い軍曹を描く物語で、彼の作品の中でもひときわ味わい深い短編だ。主人公ベイブが、愛する家族と暮らしてきた光景を一つずつ回想する。窓の外に目をやると、有無を言わせぬように降る夜のぼたん雪。戦地におもむく若者の虚しい心を浮かび上がらせる、印象的な情景だ。

感傷的な家族物語ではない。ささやかだが何ものにも代えがたい家族があり、そのさりげない価値を愛でるとともに、作者の非戦信条がこめられた作品でもあるのだ。大戦のさなか、自身が（忠実な）一兵士だった作家もまた、いつ最前線の死闘に連れ出されるか分からぬ状況でこの作品は書かれた。ベイブは最後の夕食で父に思いをぶちまける。

パパ、ぼくもこの戦争は正しいと思うよ（中略）。でも、ひとたび戦争が終わったら、そこで戦った者たちはもう二度とそれについて語らないこと、それが道徳的な義務だと思うんだ。死者たちを（英雄視せずに）そっと死なせるよう、しかと口をつぐむことが必要なんだよ。

これを書いたあとサリンジャーは実際にヨーロッパ戦線に動員されるのだが、そのことはあとで触れよう。同じ作品でベイブは、最愛の小さな妹、マティと感動的な会話を交わしている。母をおもんぱかって明日戦場に行くことを内緒にしていたのに、マティは感づいているのだ。

「マティ、ママには何も言っちゃいけないよ。」

「ベイブ、お願いだからケガしないで。ケガしちゃいや！」

「ケガしないよ……ともかくママには言わないで。」
「言わない。ベイブ、ケガしちゃいや！」

作品の中でこのマティは、無垢の象徴として立ち現れている。死地におもむく兄に「ケガ」しないでと言うズレが、汚れのない存在を浮かび上がらせるのだ。それによってマティは、人生が生きるに値し、人は守るに値するものであることをベイブに確信させる。サリンジャー文学のもう一つの真髄がそこにはある。

愛と汚れをこめて

サリンジャーと言えば、何より『キャッチャー・イン・ザ・ライ』（『ライ麦畑でつかまえて』という邦訳がよく知られる）で名高い。1951年の作品で、放校になった高校生ホールデン・コールフィールドが、酒を飲んだり娼婦を買ったり、道徳的な大人のひんしゅくを買うことをいくつもする物語である。文中で使われている言葉も、反抗的な少年にはありがちだが、下品で乱暴きわまりない。

それゆえ、米国各地の教育委員会や教会からは大きな反発を招いたが、偽善的な社会への反抗を描くものとして多くの若者の共感を呼んだ。一つの集計によると、これまで世界じゅうで

6500万部も売れたという。

それだけの支持を集めるに足る傑作ではあるが、道徳を破り、反抗的な人間をまつりあげるのがサリンジャーの意図だったのではない。むしろ、汚れに満ちた世界から抜け出て、言うなれば無垢を求めて自分さがしをする若者が主題なのだ。

その深遠なテーマは、すでに表題にあらわれている。分かりにくいこの題に、深いカギがひそんでいるのだ。それが、日本では『故郷の空』の題でも知られる『麦畑』の歌から取られたことは、作品の中でも語られている。もともとはロバート・バーンズ（1759〜1796）の詩で、「誰かさんと誰かさんが麦畑で出会ったなら……」という文句だった。

しかし、ニューヨークの街でホールデンの見かけた子供が、間違えて「誰かさんが誰かさんを麦畑で捕まえたら……」と幸せそうに唄っていた。それを見たホールデンが、こういう無垢な存在を自分は守らなければならないという啓示を受ける、決定的な場面なのだ。

このように無垢の探求が、サリンジャー文学の抜きがたい特徴である。汚れた世界に身を置きながら、それでも無垢なものの存在を信じ、それゆえにこそ人生は生きるに値するという理念がこめられているのだ。

たとえば、短編集『ナイン・ストーリーズ』に収められた『エズメのために――愛と汚れをこめて』。作品自体は1950年に書かれたが、舞台設定は1944年のイギリス、もうじきドイツ軍への総攻撃（ノルマンディー上陸作戦）の始まろうとする時である。主人公は、実際にそういう状況に身を置いていたサリンジャー自身とおぼしき、一人のアメリカ兵である。
13歳の少女エズメが、また無垢の象徴として現れる。年以上に大人びたこの子は、ふとしたきっかけで主人公の兵士と喫茶店で語り合った。そして別れ際、入隊前は作家だったと名乗った兵士に対し、「ごきげんよう。あなたの才能が無傷のまま戦場から戻ってこられるよう、お祈りします」と告げるのだ。兵士は戦争が終わるまで、この無垢な少女の姿かたちや、受け取った手紙に魂を支えられる。

無傷と無垢

高校の頃、東京大学の学生たちが発行していた（と記憶している）冊子に、フランスの詩人、アルチュール・ランボー（1854〜1891）の『地獄の季節』の一節が載っていた。

城が流れる、季節が見える
無傷な心など　どこにあろう

こう書くと、ランボーがお好きな方は、「そんな詩はない」と異議申立するかもしれない。

そのとおり、原詩の第1行は、たんに「おお城よ、おお季節よ」となっている。冊子のエッセーを書いた学生が、思いきり自分の想念を込めたのだろう。すばらしい意図的誤訳だったと脱帽するほかない。ともあれ、無傷な心などどこにもない、という真理は深く心に残った。

誰しもが心に何らかの傷をもっている。同時に、何ひとつ汚れのない「無垢な」大人というものも、そうざらにはいないだろう。だが人は、傷をもっていればこそ、それを癒やす無垢な存在を求めるのではないか。

むろん、そうはならぬ人もいる。だがサリンジャーはその道をたどった。他人の私生活介入を嫌って隠遁生活を送ったり、出版社といさかいを起こしたりして、しばしば変人扱いされたが、根本においてこの人は、痛々しいほどに傷つきやすい人だった。だからこそ自分で身を守り、同時に無垢を追い求めたのだ。

サリンジャーの文学を、たんに既成道徳への反抗と片づけるべきでないのは、その根底にこうして、心に傷を負った人間による無垢への探求があるからだ。そして実際にも、いくつもの作品において彼は無垢なるものを示し、それによって、人が生きることの意味を見いだす手がかりを与えている。それも、たとえばマティやエズメのひと言のように、ごくありきたりの事柄にひそむ無垢である。

戦争の果てに

今年はサリンジャー生誕100年ということもあり、伝記映画なども作られた（『ライ麦畑の反逆児』）。映画もそれなりの出来ばえだが、その土台となった評伝、『J・D・サリンジャー――高く上げられた生』（邦訳『サリンジャー 生涯91年の真実』、田中啓史訳、晶文社）はさらによい。ケネス・スラウェンスキーという、それまで全く知られていなかったサリンジャー研究者の作品だが、作品への愛と敬意にあふれ、同時に、ただでさえ謎のベールに包まれてきたサリンジャーをいたずらに神格化しない慎みを保っている。文学的な分析も適確で、並の伝記ではない。

この本の功績は、サリンジャーが追い続けた無垢の探求をあざやかに描き出したことと、その背後に戦争から受けた心の傷があったことを丁寧に跡づけた点だ。とくに「ノルマンディー上陸作戦」に加わったこと、そしておそらくはナチスの絶滅収容所の解放にも立ち会ったことを、できる限りの資料を用いて跡づけている。

ノルマンディー上陸作戦は、のちに勝利した連合軍にとっても凄惨きわまりないものだった。そこでサリンジャーが受けた心の傷を、そして結果としての戦争否定への傾斜を、スラウェンスキーは感情に流されずに淡々と記述している。その筆致はほとんど感動的と言ってもよい。

楽園に向けて

戦争による心の傷を生きる糧にした芸術家は他にもいる。たとえば、米国の写真家ユージン・スミス（1918〜1978）。最近、彼を特集したドキュメンタリーを、運よく観る機会を得た（『写真家　ユージン・スミスの戦争』、NHK）。

水俣病の報道写真に力を尽くしたことはよく知られている。胎児性水俣病におかされた少女の入浴写真（『入浴する智子と母』）はとくに名高く、ごらんになった方も多いだろう。加害会社職員からの暴力にも屈せずに報道した成果は、文学でこの件を静かに告発し続けた、石牟礼道子さんの『苦海浄土』に匹敵すると言ってよい。

その功績も忘れられないが、同時に覚えておきたいのは、スミスが第二次大戦中にサイパンや沖縄で従軍カメラマンをやり、それによる衝撃がのちのちの仕事につながっていたことだ。映像記録を残すうちに、彼は戦争の悲惨さを告発する意識を高めた。番組はそれをよく伝えている。

無意味で悲惨な戦争。沖縄の人々はむろんのこと、最後には勝利したはずの米軍兵士たちも大きな被害を受けていた。同じ時にヨーロッパで戦っていた、サリンジャーたちの米軍と同じように。

サリンジャーと同様、スミスもまたこの戦争からの衝撃を、それとは正反対のものの探求へと変換した。無垢なるものと希望への渇望、そして善なるものの追求である。後者は水俣で実行された。また前者は、沖縄で砲撃に遭って大きな負傷をし、本国で心身の治療を受けるさなかに、「無傷のままに保たれた能力」を発揮して撮影した、幾枚かの写真によってだった。『楽園への歩み』（1946年）は、そういう写真の1枚である。小さな子供が二人、暗い森を抜けて光射す空間に歩み出す瞬間をとらえたもの。負傷療養中のスミスが、自分の子供たちとの散歩の一瞬をとっさに撮影したのだという。この子供たちの姿に、傷を負っていた彼の心も深く励まされたのだ。

子供たちの無垢な姿の美しさといい、それが与える希望といい、初めて見たときにぼくは打ちのめされた。それに抗しがたく、むかし教科書を上梓した際、カバーにこの写真を使いさえしている（東京大学出版会『国際機構論』。改訂して現在は岩波書店『国際機構論講義』となっているが、写真は掲げていない）。

サリンジャーもスミスも、心に深い傷をかかえて無垢なるものを求めた。心の傷は、無垢なものが存在することによって癒やされるのだ。

もうすぐ真冬のバーゼルに戻れる。戻ったらまた毎日、街をゆく小さな子供たちにほほえみかけよう。その無垢な姿に励まされるために、そしてその無垢が傷つかず保たれるように。

鏡の中の鏡

2019年5月号

音楽会の野菜たち

すこし前、日用食品のいくつかについては、昔からある日本のそれを買おうと決めた。マヨネーズ、ケチャップ、ウースターソース……。庶民の食生活が洋風になり始めたころ、ゆっくりと広まった品々である。そのうち国内他社も参入したり、欧米の品が輸入されたりして、「やはりアメリカの本物はうまい」とかなんとか、欧米崇拝の波に洗われた時期もあった。だが、しっかり生き残り、戦後の庶民生活をいろどってくれた、懐かしい食品である。

残る人生においてはそれらを買おう。そう決めた。欧米からの輸入品より味や安全性が落ちるわけではないし、むしろまさっているかもしれない。それが食卓にあるだけでほんのりと幸せを感じるなら、まあよいではないか。ジョギングをしたときに幸福感を得させる脳内ホルモン（「エンドルフィン」という）のようなものだ。この決意に対し、いつもずけずけとものを言う友人が、「要するに、年をとったということね」と言った。そのとおりではある。

毎年のお正月、日本にいる限り、決まったコンサートに足を運ぶことにしている。ウィーンから来るオペレッタ中心の楽団で、歌手もダンサーも出演して大にぎわいだ。オペレッタの系列だからワルツやポルカが主な演目で、およそむずかしさとは無縁な楽しい演奏会。それもよし、わたしたちはむずかしい人生論を語るために生まれてきたのではないのだから。ただしこの楽団、演奏のレベルは非常に高い。

肩のこらぬ演奏で心をなごませてくれるこのコンサートは、右の食品会社の一つがスポンサーになっている。フルオーケストラ＋歌手たち＋ダンサーたちという陣容を海外から呼ぶとなると、よほど高額の入場料をとらぬ限りやっていけない。会場も世界的に有名な上等のホールだから、その経費も相当なものだろう。お正月の心温まるひとときのために、スポンサーが必要になるのだ。

このコンサートのひそかな楽しみが、帰るときにさりげなく渡されるおみやげ。その会社のカレンダーで、しゃれていて素敵だ。商品や社名をでかでかと刷り込むのではなく、毎月、世界各地の野菜の写真が続く。市場に山盛りの野菜、畑のつやつやした野菜、屋上農園の小さな野菜。そういう元気な野菜をたくさん食べて下さい、それにわたしたちの作った調味料を添えると、もっとおいしくなりますよ――。自社製品は豊かな自然への添えもの、という謙虚な姿勢がぼくは好きだ。

絵の中の絵

それらの商品と同じく、いまも懐かしく記憶に残る粉ミルクがあった。さすがにこの年で粉ミルクは必要ないから、ぼくの《晩年購入リスト》には入っていないが、同じ会社の商品は名前を変えて残っているらしい。ただし昔は、粉ミルクの入った缶のデザインが違っていた。そのデザインが、子供の心に未知の世界を開いたのだ。

缶に一人の女の子が描かれ、その子が同じ粉ミルクの缶を持っている。ということは、その缶にも同じ女の子が描かれて同じ缶を持ち、その缶にはまた……と際限なく続くことを意味する。子供のぼくは、この絵はどこまで続くのだろうと、ほとほと困り果てた。

もちろん、絵であるから、ある小ささまで達すると画家もそれ以上は描けない。あるところで限界を迎えるに違いないのだ。とりあえずの現実はそうなのだと思いつつ、理屈の上ではこの絵には終わりがない。そのことに頭が完全に負けてしまった。無限連鎖というものに思いを致す、初めての経験だったように思う。

2枚の鏡を向き合って立たせたときにも同じことが起きる。《鏡の中の鏡》である。だがこの場合は、鏡同士のピンポン（卓球）のようなもので、画像が行ったり来たりする無限連鎖になる。それに対し、缶を抱いた女の子がどんどん小さくなっていつまでも終わらないのは、一方向の無限連鎖である。それは子供にとって、そこはかとなく恐ろしいイメージだった。永遠に続く《絵の中の絵》――。

《鏡の中の鏡》に戻ろう。この言葉から、文学好きならば、ドイツの作家ミヒャエル・エンデ（1929〜1995）を、クラシック音楽好きならエストニアの作曲家アルヴォ・ペルト（1935〜）を思い浮かべるだろう。二人ともこの題の作品があって、エンデはDer Spiegel im Spiegel、ペルトはSpiegel im Spiegelと少し違うが、日本語では同じになる。両方とも、選び抜かれた言葉あるいは音符が連鎖するとかくも美しく、かくも人の想像力を刺激するものか、という感興を与えてくれる。

エンデの『鏡のなかの鏡』は30篇の短編集である（邦訳＝岩波書店）。よく「大人のためのファンタジー」と言われ、普通には起きないような幻想譚や妖気譚が次々と続く。幻想譚のたぐいが好きでない人には向かないかもしれないが、そういう方はむしろ目次をご覧になるとよい。各章の最初の文章（の一部）をそのまま章題に使っているのだが、その全部か一部を並べ替え、つないで読むと詩のような趣きになる。たとえばこんな具合。（拙訳。数字は章番号）

すでに何世紀も前から（12）

教室では絶え間なく雨が降っていた。（26）

冬の夕暮れ、淡いピンクの空は冷たく遥かで（30）
灰色に広がる天空のリンクをスケーターが滑走する。（15）
夕暮れ、老いた船乗りはやまぬ風に耐えきれず……（23）
許して、ぼくはこれ以上大きな声で話せない。（1）

こうして、関係がなさそうな表題が、あたかも詩のようになる。そういう並べ替えができるということは、各短編の内容も無関係に見えて、実は深いところでつながっていることを意味する。分かりにくい文章の背後に、いわば定点観測にも似た、作者のぶれない精神活動があるのだ。

ぶれぬ（＝単調な）精神の発露は、一つの詩になる。

最小限主義の音楽

もう一つ、ペルトの『鏡の中の鏡』。その無垢な美しさをどう表現すればよいだろう。もしまだご存じなければ、ぜひ一度聴くことをお薦めしたい。ふつうはヴァイオリンとピアノの二重奏であることが多く、ヴァイオリンが揺れ幅の小さい少数のメロディーを反復する。ピアノは基本的に二つの音型のアルペッジオ（分散和音）をくり返し、ヴァイオリン以上に単調とも言える。

だが、このピアノ・パートは、たんなる伴奏とはとても言えない。むしろ、静謐で、しかし信ずるところに堅く立つと言うかのような、単調なくり返しである。そしてそれこそが曲の本体であって、旋律を受け持っているヴァイオリンのほうが「伴奏」だとさえ言えるかもしれない。いくら聴いていても飽きないくり返しだ。

ペルトの音楽は、現代音楽の一技法である最小限主義（ミニマリスム）の一種である。これ以上彫琢《ちょうたく》しても削ぎ落とす音がない、というところまで切りつめる技法だが、そういうものが反復されると、それは芸術の強さになる。無意味な饒舌では、そうはいかない。

ペルトの表現方法はまた、「小さな鐘（ティンティナブリ）様式」とも呼ばれ、選び抜いた最小限の音を、夕暮れの祈りの言葉のようにひそやかにくり返す。つまり、たんに音符の種類と音量とを「切りつめる」だけなのではなく、その音のつながりが「美しい」のだ。

その点は大事だとぼくは思う。音楽であれ文学であれ美術であれ、美しさとは無関係に新奇な技法を試しているだけ、という作品をぼくは好まない。その結果、ひたすら騒々しかったり不安を煽るだけであったり、むき出しの言葉使いや色使いだけであるものは、いまなお未完の実験段階にあるような気がするのだ。

ペルトについて言うならば、ほかにもたとえば『アリーナのために』というピアノ曲なども、単純で静謐である。泣かせるのではなく、こぼれそうな涙を押しとどめるような旋律が続く。この美しさの前では、自分はあらためて泣く必要もないという気になる。悲しいことがあった日の夜、静かに耳をかたむけてみよう。悲しみが自分を締めつけるのではなく、自分にやさしく寄り添っているように感じられる。不思議な効果だ。

ペルト以外に薦められる現代音楽作曲家はと問われれば、ぼくはヴァレンティン・シルヴェストロフのピアノ曲、たとえば『13のバガテル』を挙げる。これも静謐で美しい。音もなく寄せては返す、夜更けの波のように。

無垢の極致

逆説的な言い方ではあるが、美しさを伴った単調さは、人を飽きさせるのではなく、むしろ人の心をとらえる。日本、少なくとも東京周辺にいて、しばしば心が疲れるのは、言葉も音も色彩も過剰で、振れや変化が激しく、単調さに乏しいからではないかと思う。いわば、《単調さにすべてを賭ける覚悟》が次第に薄れつつあるのではないか。

エストニア出身のペルトの名を世界的に広めた一人は、ラトヴィア出身の世界的ヴァイオリニスト、ギドン・クレーメル（1947〜）である。いずれの国もかつてはソ連の一部で、1991年のソ連崩壊まで二人は同じ国籍だった。もっとも、二人ともその「仮の祖国」の息苦しさに耐えられず、1980年頃に相次いで亡命している。

クレーメルの著書『倍音』（邦訳『琴線の触れ合い』、C・井口俊子訳、音楽之友社）には、ペルトがティンティナブリ様式を本格的に始めるとき、クレーメルに相談したとある。1977年のこと。その結果、歴史に残る名曲『タブラ・ラサ』（「白紙状態」の意味）が生まれた。

そのときの印象をクレーメルは、曲が「驚くほど謙虚で挑発的なまでに簡素」だったと述べている。同時に、極度に単純だから、並はずれた精神集中が求められる。それで名手クレーメルも、「この曲は無理だ」と思ったという。だがそれは無理どころか、けっきょくクレーメルに「息をのむような静けさ」と「無垢の極致」とを感じさせ、人の魂を安らがせずにはいられない名曲になった。

クレーメルはペルトの曲の秘める「静寂の力」はどこからくるのだろうと問い、「信仰からに違いない」と述べている。たんに「信じる者は救われる」と言うのではない。むしろ、「みずからの不完全さや罪を意識するがゆえに神に仕えたいという強い願望からくるもの」だと言うのだ。この深い読みが、クレーメルという音楽家の並々ならぬ才能である。技術の頂点を極めただけでなく、人の悲しみの歴史における音楽の意味を、よくよく理解している人なのだ。

単純さの街で

3月のバーゼル。ようやくマグノリアやレンギョウが開き始めたが、まだ冬が残り、ラインの川面もピューター（白鑞《しろめ》）のような銀色に静まりかえっている。そして街は変わることなく単純で簡素。無駄な音も言葉も色彩もない。

クレーメルが『タブラ・ラサ』をボン（ドイツ）で録音したあと、1983年にペルトのもう一つの名曲『フラトレス』（兄弟たち）を録音したのは、バーゼルにあるスタジオだった。いろいろな楽器の組み合わせで演奏される曲だが、このときは彼のヴァイオリンと、ジャズ奏者キース・ジャレットのピアノによる二重奏にしている。緊張感あふれる名演奏だ。

そのスタジオが、住まいからトラムで20分ほどのところ、高台の閑静な住宅街にある。周囲に白樺が並び、言われなければスタジオとは気づかない。以前からペルトの極度に単純な音楽はバーゼルに似合うと感じていた。その街の、物音ひとつしない地区にある、歴史的な録音の場。これこそがペルトには似つかわしいと思った。

よけいな装飾のない単純さ、不要な音を切りつめた静謐さ、信ずるところを貫く単調さ。それらはどれも、自分の中に閉じこもるためではない。自分の一挙手一投足が神に仕えるものであるようにするために、みずからを世界に向かって開く無限連鎖なのだ。

わたしたちの貴婦人

2019年7月号

気がつかなかった

10年前、初冬のパリ。ぼくはハーグ（オランダ）での仕事を終え、パリ経由で日本に帰ろうとしている。ヨーロッパのどこに行くときもパリから出入りする、いつもどおりの経路だ。だがこのときは心に重い悲しみを抱え、帰国せずパリにとどまろうかなどと考えていた。にび色の冷たい冬空がのしかかるけれど、日本に帰るよりはよい——。この街で、人は際限なく孤独でいられる。

とはいえ、日本であれこれ始末してからでなければ移住もできない、という別の考えが脳裏に浮かんだ。これがぼくのダメなところで、何か大きなことをしようかと考えるたび、いつも「あの片づけをしてからでなければ」と、ひと呼吸おいてしまう。そうこうするうちに大決断を実行に移す機会を逃すのだ。

その日も同じだった。ひとまず日本に帰って片づけをしよう。でも飛行機の出発は夜中だし、それまでどうやって時間をつぶそうか。いつも行く美術館はとっくに終わっている。お気に入りの書店もすでに店じまいしただろう。陽が落ちていよいよ寒く、もう街歩きもできない。考えた末、ノートル・ダムのそばのレストランに入り、あの大聖堂の夜景を見ながら過ごすことに決めた。なんだか観光客みたいだなと思ったが、パリに住んでいるわけでもないのだから、分類すればおのぼりさんの観光客にはちがいない。ともあれレストランに入り、セーヌ川越しにノートル・ダムが見える席に陣どった。お昼に行ったばかりの大聖堂なのに、夜になるとライトアップされ、また格別の美しさがある。

うつろな気持ちでとる夕食だった。だが不思議なもので、その日どのワインを注文し、何の料理を食べたかまで克明に記憶している。「わたしたちの貴婦人」（ノートル・ダム）の美しさが心のささくれを癒やしてくれたか。

食事を済まし、ガルソン（ウェイター）が皿を下げ、コーヒーを運んできた。もう彼の仕事の邪魔にならないから少し話しかけよう。「いいね、毎日あんな美しいものを見ながら仕事ができるんだから」。陽気なガルソンはぼくの言葉にはっと目を開き、「え、何ですか？」と大げさに言った。

ぼくが答える。「あれですよ、あの美しい大聖堂」。立っていた彼は、膝をかがめてしゃがみこみ、窓の外を見上げて叫んだ。「ええー、何だあれは、あんな教会があったのか！」。「教会《エグリーズ》じゃなく、大聖堂《カテドラル》！」と、ぼく。彼が応ずる。「いやあ、30年もここで毎日働いていると、そばにあんなものがあっても気がつかなくって！」。迫真の演技にぼくは悲しみが溶けて笑いだし、彼も笑い、二人は固く握手した。

初めての口づけ

今年4月にそのノートル・ダムで大きな火災があったとき、彼はまだあのレストランに勤め、燃え上がる火の手を見ていただろうか。

ぼくは東京であのニュースを目にした。正面からだと気づきにくいが、背面から見ると美しくそびえる尖塔がある。それが焼け落ちた。視聴者が撮った映像らしきものがフランスのニュースで何度も流れ、撮影者自身のとおぼしき、「オー、ラ、ラ」という声が聞こえる。驚きや落胆のときに必ず使われる言葉だ。驚愕は続き、最後には言葉が「ラー、ラー、ラー」になってしまった。

駆けつけた市民が何人も、燃えさかるノートル・ダムを見つめて涙を流している。ぼくはパリ市民ではないが、ヨーロッパに行くときは常にパリから出入りし、パリに行くと必ずノートル・ダムに立ち寄っていた。だから、受けた衝撃と悲しみも市民と変わらない。自分の魂を捉え続けた美しいものが崩れ落ちていく――なんということだろう。

この聖堂のゴシック様式が威圧的だと言う人もいるが、内部の透きとおった緊張感に加え、外側を背面から見た姿かたちなどは、繊細で気品にあふれている。その中心部が炎に包まれていた。神の炎とはこういうものであったか。

ヨーロッパの友人たちとの交信でも、誰もがこの件にふれた。フランスだけでなく、スイスやドイツの友人たちも、カトリック信徒でない人も、キリスト教徒ですらない人も。国籍も宗教も問わず、誰もがショックを受け、悲しみを感じていた。この聖堂はそういう精神的意味のこもった場所なのだろう。

いや、フランスの人々にとっては、なにかしら懐かしい想い出のある場所かもしれない。フランスの放送局に寄せられた視聴者からの投稿には、素朴に心を打つものがある。ソフィーという女性は、30年前、のちの夫となる男性と地方で知り合い、パリでデートした。初めてのとき待ち合わせたのが、「街でいちばん目立つ」ノートル・ダム。そのあとパリに行くときは、いつでもそうした。「だって、ノートル・ダムはわたしたちの初めての口づけの目撃者だったのですから……」。火事の日、燃えさかるノートル・ダムを見て、ソフィーさんは夫とともに泣き続けた。

遙かなノートル・ダム

日本に「片づけ」のために帰国したぼくは、そのあとパリには戻らなかった。そしてこののちも、あの街で暮らすことはないままで終わるだろう。

ではあれ、旅行はいつもパリ経由、パリではいつもノートル・ダム、という遍歴を重ねたのにはそれなりの理由がある。いっとき、あの街に自分なりに深い美しさを感じていたのはもちろんだが、高校から大学にかけての時分、森有正さん（1911〜1976）のパリ発の著作を次々と読んだことが一つの刺激になっている。『遙かなノートル・ダム』、『遠ざかるノートル・ダム』、『バビロンの流れのほとりにて』（いずれも筑摩書房）、その他もろもろ。その当時単行本になったものは、ほとんどすべて読んだ。

パリなど見たこともない日本の若者の心に、森さんの筆を通して入ってくるパリは、知的に新鮮な息吹にあふれ、何か深い思索をうながしていた。石畳を踏む足底から伝わる歴史、大聖堂に刻印された精神性、数千年にわたる美術の粋《すい》を集めた美術館、計画的に美しさを造形した街並みや公園。そしてまた、カフェやワインバーに立ち寄る、市民のなにげない暮らし。街全体に外国人には容易に入っていけない哲学的雰囲気が漂い、同時に現地に生きなければ良さの体感できない庶民文化が満ちている——正しいかどうか分からないが、そういうパリ感覚が注ぎこまれた。

森さんはぼくのように「片づけ」のため日本に戻ったりせず、東大助教授の職も辞してパリにとどまり、ノートル・ダムに象徴されるパリの精神性と格闘し続けた。それはこの世代ならではの大胆な覚悟だったとも言えるし、ヨーロッパが日本人にとって、仰ぎ見る憧憬の対象でしかなかった時代の産物だとも言えるだろう。彼の著作を読みあさったのは、そこから流れてくるパリの香りが新鮮だったと同時に、一人の知識人が精神的な格闘を続ける姿に共感したからでもある。そしてその格闘の中心にはいつも、かぐわしく威厳をもってそびえるノートル・ダムがあった。

それが自分の青少年時代。森さんの専門の哲学書なども含め、ひととおり読み終えると、いつしか著作から遠ざかった。この方の精神的な営みがいかに貴重であったかは理解しているつもりだが、思索がいつまでも抽象的なままにとどまって取りとめがない、と感じたのだ。

自分の中に「感覚」が入り込むとか、自分の「経験」にならなければ本物ではないとか、行けば行くほど一個人の閉ざされた世界になり、当人にしか分からないものになる。ぼくはむしろ、「他者と共有できる」具体的な思考がほしかった。ひとまず打ち止めの時が来たようだ。そう思い、作品から離れた。

帝国の花影

パリとどう向き合うかについては、むしろ加藤周一さん（1919～2008）の同じ時期の著作、『続 羊の歌』（岩波新書）のほうが腑に落ちた。加藤さんもパリに住み、森さんと同様、その国の文化や習俗や季節までもが体にしみこまなければ本当には理解できない、と知ってはいる。と同時に、最初にパリに行ったとき、「大都会というものはどこでも大同小異である」と思った、というのだ。

むろんそのあと、パリおよびフランスの奥深いひだに分け入ろうと真剣に試みてはいる。だが最初のこの直観自体はおそらく誤っていないし、ひだに分け入ったあとでも格別に変える必要はない。そしてその直観にもうひと言つけ加えるなら、かつての植民帝国の大都会というものはどこでも大同小異だ、と言えるように思う。

パリだけでなく、ウイーン、ロンドン、ローマ、マドリード、ブリュッセル、ベルリンその他、それぞれの違いはあれ、何かしら似た要素がある。自分たちでこつこつと稼ぐのではなく、国外から他人の財産を持ってこなければ築き上げることのできなかったであろう、壮大な城砦や宮殿、華美な塔や公園、そして大聖堂。

美しいものは美しい。だが、そのいくつもが、実は植民帝国の花影でもあるのだ。ぼくがバーゼルという街に、ヨーロッパの都市では初めて、他にはない落ち着きを感じたのは、スイスが植民帝国になった経験を持たぬことと無関係ではない。むろんスイスも植民地主義とまったく無縁だったわけではなく、それなりに暗い歴史も持つ。それはまたいつかお話しするが、ともかく武力で植民地経営をすることはついになかった。

あるころからすでに、ぼくの世代にとって、ヨーロッパは仰ぎ見て憧憬する対象でなくなり始めていたように思う。とりわけ旧植民帝国についてはそうである。美しいものは否定しないが、その美しさの背後には暴力と収奪とがあった。そうであるならばまた、その「偉大な歴史」を持つ国や都市の一部になりきろうと格闘する必要もない。むしろ大事なことは、暴力をふるわれた側の歴史にも目を向け、世界を相対的に見る能力なのではないか。

神への奉仕の順序

ともあれ、あの美しい「わたしたちの貴婦人」は、その一部を激しく焼かれてしまった。いつかは再建されるそうだが、自分が生きているうちはもう見る機会もないかもしれない。

実は毎年のクリスマス、判で押したように1枚のレコードを聴く。1973年のクリスマス、ノートル・ダムでのミサの音楽部分を実況録音したものである。ずば抜けて音響効果のよい聖堂だから、聖歌隊の歌も、金管合奏団やパイプオルガンの演奏も、音符が天使の翼に乗ったかのように澄んで響く。レコードの数年後にはCDにもなり、こちらはノートル・ダムの売店で購入してきた。寂しく過ごすクリスマスの日にも自分を慰めてくれた、かけがえのないレコード／CDである。

他方、聖堂の再建は物議をかもしてもいる。火事からわずか3日間のうちに、フランスの富豪たちや大企業から6億ユーロ（約740億円）もの寄付が寄せられた一件である。文化財の保護はよい。だが、難民の救援や、食うや食わずの子供の貧困の解消や、環境破壊防止のための資金はいつも足りないのに、パリの一つの建物のためならばかくも簡単に巨額のお金が集まるものか。

途方もない額だ。たとえば貧困のただ中にある子供たちの救援のため、ユニセフが1年に必要とするお金は、アフリカだけなら約6億米ドル＝約660億円である（2019年＝ユニセフ年次報告）。ノートル・ダムのための寄付を大きく下回る額だが、その調達が容易ではない。あの美しい聖堂の再建のために寄付をするなとは言わないが、せめて同額を、苦しむ子供たちにも寄付してあげられないものか。

いや、無理を承知で言うなら、まず子供たちにありあまるお金を回し、しかるのちに聖堂再建にも向ける、という順序にしてもよいだろう。再建は遅れるかもしれないが、数多くの子供たちの命が救われる。そういう理由で聖堂が質素にしか再建されなかったとしても、神様はそれをじっと耐え忍んで下さるにちがいない。

アメリカの寅さん

2019年9月号

あらゆるものに時が

朝まだき、薄暗がりの奥からヒバの香りが漂ってくる。まだ梅雨も明けぬころだった。しとしと降る雨の音に包まれて、香りもまた潤いを帯びている。

網袋に入ったヒバの木っ端で、去年の暮れ、駅ナカ商店街の出店で買い求めたものだ。おひつや寿司桶など、みごとな細工の出店だったが、どれも家には使えるものがあり、これ以上は増やしたくない。だが毎日そばを通るうち、香《こう》ばしさに抗しきれなくなり、何か一つ買い求めようと決めた。うまい具合に、木っ端をきれいな網袋に詰めて売っている。これなら断捨離候補品を増やさずに済むだろう。

3袋も買い、家に着いて包みを開くと、拍子抜けするほど香りは消えていた。なんだ、これは？　売り場を覆いつくすように漂っていたヒバの香りは、たんに規模が大きいがゆえの魔法だったのだろうか？

家のなか、3カ所に放っておかれることになったヒバの木っ端は、しかし、東京が梅雨に入るやいなや、突然に生気を取り戻した。ある朝の食卓、ある日の書斎、ある夜の寝室。それぞれの場所で、さりげなく凛とした香気を放っている。さまざまな取り繕いは忘れてしゃきっとしなさい、と言うかのように。

ヒバの木屑は梅雨の季節を待っていたのだろう。寒く乾いた季節にはひっそりと身を潜め、梅雨前線が運んできた湿り気を吸いこんで生き返る。時間というものにはこういう意味があるのかと、あらためて感じた。何ごとにも時がある。旧約聖書・伝道の書（コヘレトの言葉）が言うように、「生まるるに時があり、死ぬるに時があり」、「泣くに時があり、笑うに時があり、悲しむに時があり、踊るに時があり」、「すべてのわざには時がある」のだ。

それは、ある事柄がいつかは分かる、時間が経てば真実が見える、ということではない。ある「季節」にしか感じることのできないもの、見えないものがあるということなのだ。この「季節」は、たんに春夏秋冬という意味ではなく、物ごとがわたしたちにとって熟した時という意味である。その「時」を驚きをもって感知できるならば、それはなんと幸せなことであるか。そういう感知能力は、知性ということの深い意味でもあるだろう。

グリーン・ブックを片手に

ある季節にしか見えぬものもあれば、ある場所からしか見えぬものもある。

東京からバーゼルに戻るとき、めずらしく機内で映画をじっくり観た。それも、最近はめったに観なくなったハリウッド映画である。米国のアカデミー賞なども受賞したからかなり有名かと思うが、『グリーン・ブック』という題の作品。1960年代初頭、名高いピアニストである黒人のドンが白人の運転手・トニーを従えて、人種差別の激しい米国南部を公演旅行する、実話をもとにした物語である。

トニーが携えたのが「グリーン・ブック」という案内書。どこかの旅行ガイドブックのように表紙が緑色なのではなく、グリーンという人が書いた、特殊な米国旅行案内である。米国各地で黒人が利用できるホテルやレストランを一覧にしたもの。人種差別の根強い国ならではの産物だ。

ドンは音楽ほか高等教育を受け、博士の学位まで持っている。他方トニーはあまり教育も受けず、いまもブロンクス（ニューヨーク市内の低所得層地域）で豊かとは言えない生活を送る、イタリア系米国人。だが大型高級車で移動する各地では、白人運転手は利用できるのに黒人の主人は利用を断られるホテルやレストランが次々に登場する。

最初は「無教養なイタリア人だな」、「たかが黒人のくせに」とさげすみ合っていた二人だが、各地でそういう米国の矛盾に出会い続けるうちに、奇妙な共感が芽生える。トニーはほんとうに無教養で、旅先から妻に書く手紙も、書き出しの「親愛なる（Dear）」の綴りさえ

「Deer（鹿）」と間違えるありさま。あきれたドンが正しい綴りを教え、ついでに立派な文章の書き方も教え……。

トニーのほうも、この「インテリ」主人の世間知らずにあきれつつ敬意も抱き、各地で差別する者たちと喧嘩をしたりするようになる。「巨匠（virtuoso）」なんて言葉は知らなくとも、「この人は巨匠とやらなんだぜ」と人に自慢し、「なのになぜこの店でメシを食っちゃいけないんだい？」という具合。ドンのほうも、強盗に襲われそうなところを救われたり、（同性愛者のため）街で男性と交わり留置場に放り込まれて救われたり、自分にはない力をトニーが持っていることを感じ始めた。

旅は続く。広大な国土を走る車。メープルやヒマラヤ杉の豊かな林が背後に去り、緑の雲海のような牧草地は広く果てしない。トニーが妻に「自分の国がこんなにきれいだったとは知らなかった」と書き送る。そう、この国に暮らした経験のある人なら誰もが実感することだが、広々とした大地が本当に美しい国だ。あの人種差別さえなければ。

波瀾万丈の果てに公演旅行は終わり、運転手はブロンクスの家族（＋イタリア人仲間）のもとに、ピアニストはカーネギー・ホール上階の豪邸に帰る。その後の二人の、ブロンクスの庶民アパートでの再会がいい。人間はいいものだと実感させてくれる、心温まるシーンだ。

ある場所からしか見えぬもの

この映画は、かつての米国の（今よりひどかった）人種差別をうまく描いたとか、肌の色を超えた人間の相互理解を示した、という類《たぐい》の肯定的な評価が多いようだ。それも間違いではないが、ぼくはむしろ、「無教養な」白人運転手の描き方に感心した。この人には、「インテリの」黒人ピアニストには見えないものが見えているのだ。

話が進むにつれ、トニーが主人に説教するシーンが増える。たとえばドンが強盗に襲われかけたときのこと。襲われる前に（黒人も利用可の）バーで、ポケットから札束を出して払っていた。トニーはドンに、「ひとなかで金を払うとき、札束なんぞ見せびらかすもんじゃねえぜ」と言う。「お金持ちのインテリ」には分からぬことだ。

また、ピアノと作曲の才能を認められながらも、黒人だからクラシックは諦めてポピュラー音楽の道に入った、と自嘲気味に話すドンにトニーが言う言葉もよい。ドンが「ショパンやベートーヴェンを弾くのを諦めたのさ」と言う。それに対しトニーは、「その何が悪いのかね？」と聞き返すのだ。「よく知らないけど、ジョー＝パンとか何とかはあんたの音楽じゃねえでしょ。でもあんたが弾くあんたの音楽はみんなを喜ばせてんだよ。その何が悪いって言うんだい？」。ドンは初めて自分の人生に納得する。

心を通わせた二人は、腹を割って核心の話をするようにもなった。トニーが言う――自分は学もなく貧民街で育ったカスで、あんたよりよっぽど「黒んぼ」なんだよ。ドンが応ずる――わたしは黒人からは黒人と認められず、白人からは白人と認められない、どうしようもない存在なのだよ。

「学のない」貧しい白人には、多くのものが見えている。ドンに見えないものだけではない。黒人を劣等とする社会制度のなかで、人をその人の持つ能力だけで評価できなくなっている、多くの米国人には見えないものも。

それがこの映画の彫りの深さだ。世界にはある角度からしか見えないものがある。たとえば東京スカイツリーの真下に立ってもその頂点は見えない。一定の距離を取ることが必要なのだ。同様に、高い教育しか受けなかった人間には見えず、貧民街で育った学のない人間にしか見えないものがある。そのことを、自分もよく噛みしめておきたい。

わたくし、生まれも育ちも

このアメリカ映画を観ながら、しきりに山田洋次監督の『男はつらいよ』が心に思い浮かんだ。トニーの人物像といい、言葉づかいといい、世界を見る位置や角度が「インテリ」のそれとは違う点といい、フーテンの寅さんによく似ていると思ったのだ。アメリカの寅さん。

いうまでもなく、寅さんシリーズは人情喜劇である。少しおつむは弱く、乱暴な言葉で本音を吐いて皆を困らせるが、しかし身内にも他人にも愛される、テキ屋の寅さんの物語である。その寅さん自身がまた、インテリにあきれ、彼（彼女）らを見下していることもたしかだ。

第1作『男はつらいよ』からその手のセリフがいきなり飛び出す。「インテリというのは自分で考えすぎますからね、そのうち俺は何を考えていたんだろうって、分かんなくなってくるんです」（ちくま文庫版脚本より。以下同様）。なるほど、そういう「インテリ」はたしかに多い。

第10作『寅次郎夢枕』では素粒子論の東大助教授が出てきて、恋の病にかかっている。寅さんに「今まで恋を研究したことがないからよく分からない」と言うのに対し、寅さんは「どうもインテリの言うことは大袈裟でいけないよ」とのたまう。そのうち言い合いになり、助教授が寅さんに向かってどもりながら吐いた言葉が、「ナ、ナンセンス」。そういう難しい言葉は知らない寅さんは、「ナンデンション？」とトンチンカンにやり返す。

他方で、インテリに対して寅さんがハッとするひと言を向ける場面もある。考古学研究者の女性がいて、例によって寅さんは「コウコウ学？　孝行学って何だ？」などと言うが、研究に打ち込むその女性にひかれ、「あなたは何のために勉強しているんですか」と尋ねる。とっさには答えられない彼女に対し、寅さんは「己《おのれ》を知るためでしょう？」とズバリ言うのだ。そのとおり。そして「インテリ」が皆、そのことを知っているわけではない。

へえ、ああいう映画が好きなのですか、と不思議な顔をする人もいるが、ぼくは『男はつらいよ』のシリーズが好きだ。寅さんから多くを教えられる気がするのだ。いつも寅さんとは違う立場で、違う角度でものを見てきたが、そこでは見えていなかったものを寅さんが見抜いている。複雑な、難しい真理ではない。「いや、もっと単純なんだな」と気づかされる、そういう瞬間のことである。

そしてぼくが寅さんを好きなのは、何より、破天荒な彼が人生を最も純な部分で見抜き、それなりの悲しみに耐えているからにほかならない。

ぞうさん

誰もが知っている、まど・みちおさんの『ぞうさん』という詩は、二つとない傑作である。

ぞうさん
ぞうさん
おはなが　ながいのね
そうよ
かあさんも　ながいのよ

長いあいだこれを、子象が無邪気に自慢しているのだと微笑ましく読んでいた。だがあるとき、これは子象がからかわれて怒っているとも読めるし、子供なりのひそかな悲しみをつぶやいているとも読めることに気づいた。

どの読み方も可能なことがこの詩のすばらしさだが、とりわけ、にじみ出る悲しみが読み取れることに、あらためて感心する。自分の視点とは違う角度で見えてくるもののうち、何より心に響くのは、それぞれに違った人々がそれぞれの悲しみを生きているという現実である。

こういう悲しみの共感を、新美南吉の『でんでんむしのかなしみ』を引用してみごとに伝えたスピーチがある。まどさんをも高く評価してこられた上皇后陛下美智子さまが、皇后のころ、国際児童図書評議会（ＩＢＢＹ）の世界大会に寄せられたスピーチである。「悲しみは誰でも持っているのだ、私は、私の悲しみをこらえていかなければならない」――。心にしみる註釈だ（『橋をかける』、すえもりブックス）。

同書には、この名スピーチのポルトガル語訳が掲げられている。訳したのは、ブラジル移民二世の二宮正人、ぼくの無二の畏友である。悲しみと労苦に耐えてきた日本人移民たちへの励ましだった。こういう感性の友人を持てたことを、ぼくは誇りに思う。

正しさの基準

2019年10月号

ラインのほとり

バーゼルは、北海側からライン河を上ってくる船舶の終着港である。だから停泊地点には、オランダその他から来た豪華客船がよく係留されている。夏の旅行シーズンにはとくに多い。船が到着すると国際旅客のスーツケースが河岸いっぱいに積み上げられ、こうして世界は水でつながっているのだなと実感する。それは心を潤わす光景だ。

夏の陽射しがやわらぎ、秋が近づくと、客船は少しずつ減り始める。8月のある日、激しい雷雨があり、いまひとつ涼しさが深まった夜、とりわけ高い霧笛を鳴らして一隻の船が遠ざかっていった。人々は夏を惜しむすべを知り、夜ごとに河岸の石段に腰をおろして流れを眺めたりしているが、そのまなざしの中で夏は確実に終わっていく。

このライン河に沿ってジョギングをするのが日課になった。10分ほど走るとスイス—フランス国境を越える。地続きの街だから何も変わらないだろう、と考えるのは大間違い。一つ、道を歩く犬たちにもフランス語が通じるようになる。二つ、その犬たちのお尻からの落としものが目に見えて増える。バーゼルではほとんどないことだ。三つ、戦死者を悼む墓碑銘がしばしば現れる。戦争の多かった国ならではのこと。戦争をしないスイスではまず見ない。

夏の暑い盛りでも川から流れてくる涼風は心地よく、なかなかのぜいたくだ。川は真水だから何も香りのないのが普通だが、中には独自の香りを持つ川もある。ライン河・バーゼル地帯のそれは、かすかに潮を含んだような香りだ。河口のある北海まではかなり距離があるから、海の香りが漂ってくるはずはない。北海から上ってきた客船や貨物船が、旅のしるしに少しずつ潮を残し、それが何百年も続くうちにこの河に独特の香りになったのだろうか。

ただ速く、ただ高く

この地域でもまた、見るに値するテレビ番組はあまりないが、ある日たまたまスポーツ中継が目に入った。ドイツの、夏の国体のような全国大会で、陸上やら水泳やら体操やら、各種競技がてんこ盛りで行われている。

偶然に目にして釘づけになったのは、陸上の女子5000メートル競技。スタートまもなく、小柄な細い選手が先頭に立ち、他の選手をぐんぐん離していった。疲れて追いつかれるふうもない。それどころか、トラック12周半も走るのに、ほぼ全員を追い越してゴールしてしまった。驚異の光景に観衆は総立ちになり、感動して泣き出す人もいる始末。20年ぶりにドイツ記録を破り、それも15秒以上の短縮であったという。速いはずだ。

自分のライン河ジョギングとは大違いだと感心し、かつスポーツというものは、こうしてひたすら速く走り、泳ぎ、できるだけ遠く高く跳ぶのが原点だと、あらためて思った。その程度のことにわざわざ感心するのには理由がある。人間の判断は不正確だとか主観的だとかの理由で、あれもこれも数値化したり、結果が数字で現れる種目でも数値を係数で補正したりする競技が増えていることだ。

たとえばスキーのジャンプ競技。飛距離という客観的数値に、飛型点という主観的判断を加えるだけでは足りず、スタート地点をしばしば変えて（選手の安全のためならば仕方がない）それを点数に換算し、追い風や向かい風も点数に換算し、しまいには戦術として選手の側がスタート地点変更の要求までできるようになった。

それを、競技が客観化されたと歓迎する人もいるだろう。だがその結果ジャンプ競技は、おおむね普通に飛んでも、飛んだ距離だけでは勝敗が判断できない競技になった。あとはコンピュータという「神」に判断を委ねるだけ。

それでも論理的にはまだ足りない。たとえば追い風1メートルが与える影響は人によって違う。ジャンパーの体型や筋肉量や骨密度に応じて補正点を変えなければ「客観的」ではないはずだ。「数値化」は「客観化」ではないのだ。少なくとも「完全な客観化」ではない。

にもかかわらず次々と数値化し、実際の行為ではなくコンピュータによる採点基準によって結果を出すことになったら、最終的には何が残るか。それは、人間自身が体を動かすのではなく、すべて機械にデータを打ち込んで競い合うことである。すでにそういうものがあるのだそうで、それを楽しみたい人は楽しめばよい。だが自分はやはり、「より速く、より高く」の原点型スポーツに安心感を覚える。時代遅れなだけかもしれない。

天才と偶然

独走したドイツの選手は、コンスタンツェ・クロスターハルフェンさんという人である。その走りを見ていて、この人は陸上競技の天才なのだと思った。むろん、日夜きびしいトレーニングを積んではいるだろう。だが同じ努力をしても、誰もが同じ結果を出せるわけではない。だとすると、こういう問題が起きる。つまり、これほどの差を生む先天的な違いは、補正係数に加えなくてよいのだろうか？　努力では補いきれない先天的能力の差を数値化し、それを加点し減点しなくてよいのだろうか？　「究極の客観化」のために。

だが、ぼくにとってそれは、ジョージ・オーウェル（1903〜1950）の『1984年』のような、人間性否定の世界だ。人間が管理され、ただの数値になってしまうおぞましい世界だ。人間の世界はさまざまな偶然からなり、だからこそ「ものを考える」ことが意味を持つのに、数値化管理社会ではそれが根底から否定されてしまう。

「天才」の分を減点して補正した競技結果は、本当におもしろいだろうか。たとえばクロスターハルフェンさんの記録から、「天才係数」として15秒減算し、20年前の記録と同じと扱うことを考えてみればよい。それは偶然の結果に感動することを禁じ、人工的に均質にされた世界だ。

逆にまた、天才だけが存在に値すると言うのもどうか。それは、優生思想に通ずるあやうい思考である。だが勉強であれスポーツであれ、天才はその分野だけのできごとであり、人間の価値を丸ごと決める要因ではない。そういう理解があって初めて、天才を称賛できることになるのだ。

天才もまた偶然の産物である。生まれつきの能力は当人の手柄ではない。それによって生じたすぐれた結果は称賛されるべきだが、その範囲を超えてあらゆる面で「加点」されるのは不合理である。そしてそれ以上に大切なことは、そういう能力を持たずに生まれてきた人間たちが社会から見捨てられてはならない、ということである。

知的にであれ体力的にであれ、何らかの障害を持って生まれた人々が、そのために「減点」されることのない世界でなければならない。障害は当人の責任ではないからだ。だから、それゆえに不利益を負わされないようにするための補正なら行われてもよいだろう。微に入り細にうがった数値化に夢中になる前に、しかと心しておくべきは、こういう、より根本的な価値判断である。

数値化は役に立つこともあるが、万能でも完全でもない。何も補正しないからこそおもしろい、という分野がたくさん残っている事実がその例証である。偶然という要素は人生の豊かさなのだから、それをことごとく否定することにどれほどの意味があるか。大事なことは、偶然によって不当に過大な評価を得ることがないようにすることと、誰も不当に苦しみを負わされないようにすることである。

ヴィトゲンシュタイン

子供のころ、「アップル」という英語が「りんご」という意味だと教えられた。フランス語の「ポム」も「りんご」という意味だと教えられた。そこで子供の無垢な頭は一つの結論を引き出す。つまり、世界じゅうの人は日本語を知っており、それぞれの言葉をすべて日本語に置き換えて生きている——。

荒唐無稽な理解ではあった。だが、そう考えなければ説明がつかないではないか。また、世界の誰もが日本語を知っているのなら、外国語を勉強する必要もないではないか。言うまでもなく問題は、「アップルはりんごという意味だ」と教える、その教え方にある。もう少し理論的に言うと、ある人々はあの赤や青の甘く硬い果物を「りんご」という言葉で呼び、別のある人々はそれを「アップル」という言葉で呼ぶのに、あたかもどちらかの言葉が土台になっているかのような説明をすることに誤りがあるのだ。

異なる言語の間で妥協を働かせるのはやむを得ない。言葉そのもの（「りんご」と「アップル」）はあくまで別のものとして成り立っていても、「だいたい似たようなもの」とすることである。その妥協まで否定したのでは、異なる人間同士の意思疎通を根こそぎ否定することになるだろう。そんなことをしても意味はない。

問題は、同一の言語の中であっても、語られている言葉を聞き手が違う意味で理解したり、そもそも語り手が考えとは違うことを言う場合があることだ。その場合、言語を使って何かを「認識」しているということは、唯一正しい真理を発見するというより、それぞれの人間の勘違いを促進していることにもなるだろう。

完全にそのとおりではないが、言語のそういう入り組んだ機能を論じた「天才」哲学者がいる。ルートヴィッヒ・ヴィトゲンシュタイン（1889〜1951）という、旧オーストリア・ハンガリー帝国出身の人で、人間の認識が言語の作用に大きく依存していることを明らかにしてみせた。子供の荒唐無稽な戸惑いはただの笑い草だが、天才哲学者の説になると、学問的にも大きな付加価値がつく。

『論理哲学論考』（邦訳＝岩波文庫、光文社文庫ほか）という、難しいがまことに明晰な本で知られるが、ぼく自身は、あれこれのトピックを雑記帳のように記した『反哲学的断章』（青土社、丘沢静也訳）を好んで読む。

その一節。「今日の人間教育は、悩み苦しむ能力を減らす方向に流れているようだ。……悩み苦しむ能力など評価されていない」。そのとおりだと思う。不完全な数値化を進め、数値化できないものまで数値化し、計算はコンピュータに任せてその答を客観的な真理だと思い込む。それは自分の頭で悩むことからの逃避にすぎないし、人生を豊かにするものではない。

ブレーメンの防空壕で

バーゼルの研究所は明るく、笑いが絶えない。その中心にいるのは、たいてい、ドイツ人の若い同僚の女性。

彼女がパスポートの更新をすることになった。だが外国（スイス）の大使館で申請する場合、出生証明がいるのだという。本国で出生証明を求められたことなど一度もないとぼやきながら、故郷の町まで戻って書類をそろえた。

話の愉快な人はここで一度笑いを取る。自分の出生からさらにさかのぼった祖父母のなれそめで、暮らしていたブレーメンが空襲され、たまたま同じ防空壕に飛び込んだ。そこで恋に落ちて、結婚まですることになってしまったのよ。空から爆弾が降っていたというのに——。一同爆笑。

本当におかしいのはその次である。祖父母は戦後の1946年に結婚した。役場に届けに行ったら、焼け残った届出用紙が数枚あるだけ。そこには「帝国の名において結婚を誓う」と印刷されている。帝国とはヒトラーの第三帝国、つまりナチス・ドイツで、もうそんなものはない。役場の職員ははたと考えこんだ。で、どうしたと思う？　やおら、「帝国」を「法」に書き換えちゃったのよ！

また爆笑になった。もっとも、日本語ではこのおかしさが十分に伝わらないかもしれない。役場職員がしたのは、気の利いたわずかな言葉いじりだった。ドイツ語で帝国は「Reich《ライヒ》」といい、法は「Recht《レヒト》」という。よく似た綴りである。職員は前の単語から「i」をさっと消し、その代わり末尾に「t」を書き添えたのだ。まじめくさった顔でそうしたんですって……なにせドイツ人だからね。

公文書の書き換えも、最近の日本のそれとは違って、こういう悩みの成果ならば楽しい。そして「補正」も、これならば誰にも害がない客観化である。近いうちに皆でその歴史的書き換え文書を見せてもらうことになっている。

がれきの下の理想

２０１９年11月号

知られざるもの

９月に入ったばかりだというのに、ハーグの街は冬のように寒かった。道を埋める枯葉も冷たい雨にそぼ濡れている。ホテルの暖房もまだ入っておらず、シャワーで体を温めて早目にベッドにもぐりこむほかない。

国際法学者の世界大会で訪れたのだった。会場は国際法にとって一つの頂点とも言える国際司法裁判所（ＩＣＪ）で、高名な国際法学者、裁判官、国連高官などが集結し、権威ある報告を重ねている。環境の国際法、経済の国際法、人権の国際法など、さまざまな問題に議論はつきない。

次々とくり出される立派な報告を聴きながら、ふと別のことを考えていた。７月末に報道された、シリア内戦の１枚の写真である。政府軍とロシア軍の空爆を受けて崩壊した住宅のがれきの中、５歳の女の子が下に落ちようとする生後７カ月の妹を助けようと、必死で引っ張り上げている。すこし上には父親もいて叫んでいるが、なすすべもない。

このあと、妹を守りぬいた5歳の女の子は命を落としたという。明らかな国際法違反である民間人への攻撃、その中でも最悪の戦争犯罪であり、人道に対する罪である。身をもって人道を実践した5歳の子供の姿が、目に焼きついて離れない。

国際法の立派な報告を聴きながら、ぼくはその光景を思い浮かべていた。そして不意に一つの思いにとらわれる。こんな不条理の中で死んでいった女の子は、国際司法裁判所などというものを知っていただろうか。いや、父親も含めて、そういう名前を聞いたことがあっただろうか――。

おそらくなかったに違いない。そう言うと国際法の専門家は、国際司法裁判所にはこういう犯罪を裁く権限がないのだから、そういう問いは情緒的な愚問だと言うだろう。それくらいは、専門家のはしくれとして知ってはいる。そうだとしても、これほどの悲劇に手を差し伸べられないのなら国際法はいったい何のためにあるのだろう――。

国際司法裁判所からホテルに戻るまでの道のり、その思いが離れなかった。住まうバーゼルと同じように、ハーグでも、幸せな様子で遊ぶ5歳ごろの子供たちをたくさん目にする。その光景を見て、言いようのない悲しみに襲われた。

「ほとんどは守られている」

国際司法裁判所自体は国家間の紛争を裁くための機関だから、シリアでの戦争犯罪の被害者であっても、個人がそこに訴えることはできない。わずか5歳であれほど人道を体現した人間に対する、この上なくむごい犯罪であっても、である。

だが、その国際法の殿堂で誇らしく語られている国際法は、この悲劇に対して無力であることに知らぬ顔はできない。国際法が世界の問題すべてを解決できず、国際司法裁判所が限られた種類の裁判しかできないのだとしても、その殿堂に集まって討議する国際法専門家は、国際法がこのように無力であることをしっかり認識し、なぜそうなのかを考え詰める義務を負っているのだ。

ほとんどすべての国際法学者が好きで、よく使う言葉に次のようなものがある。

> ほとんどすべての国は、ほとんどすべての国際法原則および義務を、ほとんどすべての場合に守っている。

ルイス・ヘンキン（1917～2010）という、米国で一時代を築いた国際法学者の言葉である。この命題は正しい。ただし、「例外もあるが」と、あらゆる事柄に留保をつければどんな命題でも必ず正しくなる、という意味においてである。見方を変えれば、ただの言い逃れに過ぎないと言うことも可能だろう。

「ほとんどの原則」は守られているかもしれない。しかし、5歳の女の子が妹を救い切って絶命した事例の場合はどうか。「それは守られなかった少数の例外だ」、で済ませるだろうか。また、「ほとんどの国」が守っているかもしれない。しかし、守らないのが強大国で、それが気ままな武力行使に走り、他国の領土や海洋を奪い取るような場合も、「例外だ」で済ませるだろうか。

世界で人権や平和を守ると言いながら、そのための法の構造はあまりに弱い。それは法自身の責任ではなく、それを作り、使う国々の責任である。必要な法を作らず、使わない国々の責任である。だから、国際法の弱さは世界の構造のゆえではあり、またその強化は国際法学者を含む世界の人々（とくに政治家）の責任ではあるだろう。それにしても変化への流れは遅い。

シリアだけでなく、イスラエル周辺で続く武力紛争。インドとパキスタンの長年の緊張。米中貿易戦争。日韓の激しい対立。北朝鮮による核ミサイルの威嚇。いくつもの国で続く独裁や人権侵害。海で溺れ死ぬ幾多の難民。「まあ、いつかはよくなるさ」では済まない危険や悲惨なのだ。

理想主義、裏切られた理想

世界のありさまがそうであるからこそ、国際法学のある部分は、世界を改良しようという理想に支えられ続けてもきた。戦争のない世界、貧富の差のない世界、人権が尊重される世界、人道が重んじられる世界、その他もろもろ。すべての国際法学者がそうだったわけではなく、そういう人々が常にいた、という意味ではあるけれど。

第一次世界大戦が終わって国際連盟が作られたときも、第二次世界大戦が終わって国際連合（国連）が作られたときも、それがうまく機能することに大きな期待をかける学者は何人もいた。たとえばかつてのオーストリア・ハンガリー帝国の出身で、第二次世界大戦後には国際司法裁判所の判事も務めたハーシュ・ローターパクト（本来は「ラウターパフト」、１８９７〜１９６０）もその一人である。この優秀なユダヤ人学者は、国際連盟規約を「国際社会の憲法のようなもの」と呼んで、それによる世界平和を希求した。

『永遠平和のために』で知られる哲学者、イマニュエル・カント（１７２４〜１８０４）の「世界市民主義」を受け継いだ人である。学者・国際裁判官として、人間の理性に信を置き、理性による人類の進歩を信じ続けた。その根本の理想は、世界における「法の支配」の確立であり、国際法が世界を一つにまとめることである。

その期待が国際連盟でうまく実現せず、とくに《侵略国に制裁を加える》集団安全保障体制が働かなかったことに、彼は強い怒りを表明した。日本が中国を侵略したときである。国際法によって世界を統一すること、そのために国家主権を制限し、侵略に対しては強い制裁を加えること――この種の「理想」はその後も続き、国連ができたときにも同じように歓迎され、期待された。国際法学のある部分は、そういう種類の理想主義を色濃く含んでいる。

国連が作られて70年以上たったいま、わたしたちの前に広がるのは、その種の期待が再び裏切られた現実である。戦争がなく、人権や人道が尊重され、平等を求め、暴力でなく法が人類を支配することを求める――その理想主義が悪いのではない。その理想を実現する条件を整えようとしない国々が多いことが問題なのだ。同時に、それらの理想を実現するための手段として、強い制裁を加える体制を設けさえすればよい、と考えてきたことにも大きな問題があった。

現実主義の誘惑

ローターパクトは祖国で強まり始めていた反ユダヤ主義への嫌気もあり、第一次世界大戦後、英国に移住した。この時期、ヨーロッパのユダヤ人問題は学界にも大きな影響を及ぼしている。ドイツからは、ハンス・モーゲンソー（本来は「モーゲンタウ」、1904~1980）というユダヤ人学者が米国に亡命し、国際政治学の一大学派を形成した。

元々は国際法学者だったが、第二次大戦を防げない国際法の無力に失望し、国際政治学者に転向した人である。それも、国際社会の本質は国家による権力の追求だという、理想主義とは真っ向から対立する説に立つものだった。

理想の実現がいつまでも遠い国際社会にあって、このように権力政治を肯定する現実主義は常に残る。国際社会のある面を言い当てているから、それも無理からぬところはあろう。だが、身もフタもない権力主義には違いない。

それとの関連で、カール・シュミット（1888〜1985）に触れておこう。以前にも言及したことのある（『婦人之友』2017年6月号）、ナチスの「危険な思想家」である。

ナチズム擁護や反ユダヤ主義など、多面で波紋を立てたが、国際連盟や国際連合など、「人類共同体」を体現するような機構などもってのほか、という極論も取っていた。理想主義の要素を含む国際法学など論外である。

危険である反面、いくつかの政治的現実について鋭い分析も見せたこの人物については、いずれじっくり議論しなければならないが、ここでは一点だけ触れておきたい。この人物が、「人道とか人類とか口にする人間は、どれも人を欺こうとしているのだ」と語っていることである。

これまた、身もフタもない「反・世界市民主義」だし、彼の議論には矛盾も多いのだが、少なくとも一つは考える課題を提供してくれている。それは、国際連盟の時代にも国際連合の時代にも、人道を口にする国々が、人類の名において、多くの残虐行為をはたらいてきたという現実である。ナチスもそうだったし、ヴェトナム戦争のアメリカも、ソヴィエト体制もそうだった。テロも対テロ戦争も。

つまり、多くの人々の善意にもかかわらず、「人道」や「人類」という標語はしばしば歪めて使われてきた、ということである。この限りにおいて、安易に「人類」や「理想」を語ることはできない。わたしたちは、理想を捨てるのではなく、それを実現する別の方法を見つけなければならないのだ。国際法もその課題を負い続けている。

マインツのこびとたち

バーゼルでも見られるドイツのテレビ放送に、ZDFという局があり、そこである時間帯にひんぱんに流される、「マインツのこびとたち」という題の映像がある。番組と番組の間、短いコマーシャルとコマーシャルの間をつなぐだけの数秒の映像。

「こびと」というが、5歳くらいの子供の様子で、これが実にかわいい。全員が男の子で、名前をアントン、バーティ、コニ、デット、エディ、フリッチェンという6人。ほとんど六つ子にしか見えないほどよく似ていて、ふつうは見分けがつかない。だがよく見ると、6人のうち4人は常に（夏でも）毛糸の正ちゃん帽をかぶり、1人だけは眼鏡をかけている。

わずか数秒の、なんということはない映像で、この子供たちがくったくなく遊んでいる。それにひとひねりあり、たとえば水着でエイヤッと海に飛び込むと、飛び込んだ先が洋上の客船のプール、という具合。あるいは、子供がポーズをとって示した先に、この局が毎日流すドイツの天気図が現れたりする。そのつど、子供の得意げな「ギャハッ」といった声が流れる。

それだけなのに、これが流れるたびに子供がいかにかわいいか、大事にすべき存在であるかを実感させられる。ほんの数秒見るだけで幸せになり、この映像にノーベル平和賞を授けてもよいのではないかとさえ思う。5歳の子供は空爆にさらされ、がれきの下で命を奪われるのではなく、こうしてくったくない笑いのうちに生きる権利があるのに、と思う。

大切にすべきものは単純だ。高級な国際法理論の多くには、その切実さが足りない。バーゼルの宿舎の郵便受けに放りこまれた、アムネスティ・インターナショナルの募金用紙に、「あなたのおかげで世界の闇に光がもたらされます」とあった。こういう世界市民主義ならシュミットも否定できまい。

どうすれば国際法がこの単純な理想を実現できるか。「人類」ではなく、シリアの5歳の女の子の名において、それを考え続けている。

エサイの根より

２０１９年12月号

全体主義の崩壊

１９８９年11月９日、ベルリンの壁が開かれ、崩されたときの光景がいまも忘れられない。無数の人々が東から西に壁を越えて行く。ある人々はまだ何が起きているのか実感できぬふうで、別の人々は自分が人間に戻れることの歓喜から涙にくれていた。西側で同胞を迎える人々も、笑顔がはじけ、大きく手を振り、東から来た同胞を抱擁して涙がとまらずにいた。

「社会主義（あるいは共産主義）が倒れて資本主義に変わった」からよかったのではない。人間を人間扱いしない全体主義が倒れたことが喜ばしい成果だったのだ。だから、あらためて注意しておこう。全体主義ならば資本主義のもとでも出現する。経済体制と人間の政治的自由とは別のものなのだ。

11月９日の事件は突然に発生したのではなかった。その前年の１９８８年、ぼくはスウェーデンに住んでいたが、東欧で自由化への波動が日ごとに強まっていたことを、まざまざと記憶している。あの壁はもうすぐ崩壊する――そう感づき、矢も楯もたまらず夜行列車に飛び乗ってベルリンの壁を見に行った。

ベルリンに行くと伝えたとき、スウェーデンの友人・ヤンがくれた助言が一つある。西ベルリンから東ベルリンに入るとき、東ドイツの通貨（東ドイツマルク）を強制的に買わされるが、東ベルリンにいる間に全部使わなきゃいけないよ。どうして？　いったん東ドイツを出ると、どこの国でも交換できず、ただの紙くずになるからさ。

けっきょく買うに値するものもなく、ぼくはかなりの「紙くず」を財布に入れたままスウェーデンに戻った。こんな使えないお金に交換させるなんてひどいねとヤンに言うと、いつも辛辣《しんらつ》な彼は、なあに、動物園の入場料と同じさ、と言った。入場料を払って見た「動物」たちの表情が明るかったという記憶はいっさいない。

「6月17日なんだよ！」

1989年に入り、自由化への波は押しとどめようもなくなる。じきに大きな変動が起きるという徴候は、壁崩壊の前月、10月7日には目にも明らかになっていた。東ドイツ建国40周年を記念し、社会主義各国首脳が集まって催された大祝典。その日、「建国記念の喜び」を爆発させるべく動員された市民の群れが、いつの間にか、自由を求める大きなデモに変わっていたのだ。

今年10月、ＡＲＴＥという独仏共同のテレビ局が、「東ドイツ最後の日々」というドキュメンタリーを放映した。そこにもこの10月7日の模様が克明に記録されている。いちはやく自由化への転換を始めていた、ソ連のゴルバチョフ書記長（当時）も祝宴に出席していたが、会場周辺の市民たちは、「ゴルビー、助けて」と叫んでいた。民衆の叫びを理解しない東ドイツ・ホーネッカー書記長を見限るかのように、ゴルバチョフはその日のうちにモスクワに帰ってしまう。その瞬間、全体主義の崩壊は決定的になった。

この日、デモに加わった市民の一人が、家に帰って母親に「6月17日なんだよ！」と叫んだ、と番組は伝える。１９５３年6月17日、東ベルリンで自由化を求める暴動が起きた日のことである。そのときは駐留ソ連軍によって鎮圧され、多くの死者を出した。

自由化への最後のうねりを、ホーネッカーは理解していなかった。ちょうどフランス革命が起きつつあるさなか、国王ルイ16世がそれを革命と認識できなかったように。絶対権力者の状況認識はいつもその程度のものだ。

だが「動物園の動物」のような扱いをされ続けた人々が人間らしさを求め始めるや、いつかはそれを押しとどめることができなくなる。安部公房の短編集『壁』に、「洪水」と題する短編があるが、そこに描かれた世界そのものだ。労働者や貧しい人々の体が水になって流れ出すという寓話で、あちらこちらにしみこみ、壁をはい上がり、権力者の望む秩序を危機に陥れる、という筋書きだった。そして権力者は、その押しとどめようもない洪水に、手遅れになるまで気づかない。

6月17日に圧殺された市民たちは、36年後の10月7日、再び壁をよじ登る水になってよみがえり、翌月11月9日には全体主義の壁を壊してしまった。

希望の死

壁崩壊前の東ドイツを描いた映画『善き人のためのソナタ』(F・H・v・ドナースマーク監督)は、2006年の作品だが、いまや古典の域に入っているかもしれない。同国の秘密警察・シュタージ(国家公安局)の活動を土台にして、それに抵抗する者、犠牲となる者を描いた傑作である。
政治ドラマとしても、サスペンスとしても、詩的な世界描写としてもすぐれた映画だが、とりわけ心に残るシーンがある。ひそかに自由を求める劇作家・ドライマンが、国家に締め上げられて自死した友人を偲《しの》んでしたためる一文である。いわく、
この国の統計局は、ぼくが1年に買う靴が2・3足であり、1年に読む本が3・2冊であることまで、こと細かに統計をとっている。だが、1977年以降、この国が統計を

公表していない事柄が一つある。自殺者の数だ。

統計に表れない自殺者を政府は「自己殺害者」と呼ぶ。その理不尽な呼び方には、流血への意欲もなければ改善への情熱もない。そこにあるのは一つ、「希望の死」だけだ。


全体主義は支配される人々から希望を奪うだけでなく、支配し迫害する者の中でも希望を死なせてしまう。人間が住む街を二つに分け隔てた壁を誰もが忌まわしく思ったのは、社会主義より資本主義のほうがよいと確信していたからではなく、その壁が人間から希望を奪い、人間らしさを根本から否定していたからにほかならない。

希望などすでに腐らせていた権力者によって希望を奪われ、みずから死を選んだ東欧市民はたくさんいた。東ドイツに次いで多かったのはハンガリーである。あまりに多いため東ドイツが統計の公表を止めてからは、同国が首位の座についた。生きるか死ぬかを賭けて西側に脱出するか、それを諦めて祖国で自死するか――そんな不毛な選択しかなかったのだとすれば、そういう国は、いかなる意味で自国が「ユートピア」などと言えたのだろう。

ドライマンを盗聴していたシュタージ勤務の大尉、ヴィーズラーは、ドライマンたちをかばったことが露見し、地下の狭い雑務室に左遷された。そこで彼は壁崩壊を知る。

そしてラスト・シーン。東西ドイツ統一後、下働きをしている彼が書店の前を通り、ドライマンのベストセラーを目にする。開いた頁には、シュタージ時代の彼のコード・ネームが書かれ、ドライマンの献辞が添えられていた。盗聴していた者と盗聴されていた者の間の壁も崩壊し、人間に希望がよみがえる。

逆ユートピア

逆ユートピアという言葉がある。ユートピアとは真逆の世界を意味し、人間が人間らしさをすべて奪われ、権力の厳しい監視下に置かれる状態を指す。欧米語ではディストピア（dystopia）といい、ソ連の作家・ザミャーチンの『われら』（1920年代、邦訳＝岩波文庫ほか）や、英国の作家・H・G・ウェルズの『タイム・マシン』（1895年、同）などが、そのありさまを描いた代表作として知られる。

とくに前者は自国ソ連の共産主義体制を批判した作品で、その警鐘的・予言的な怖さがひしひしと迫ってくる。といっても具体的な政治小説ではなく、諧謔《かいぎゃく》をまじえたサイエンス・フィクションのような仕立てだ。「恩人」による独裁、名前をアルファベットや数字に変えられた人々、日々の号令、画一化、数値化、統制、統制、監視、監視、監視……。

もともとは理科系人間だった著者の筆致は、精確な数学や物理学の知識に裏づけられ、タイプライターの音のように乾いていると同時に、しばしば詩情にあふれた潤い豊かなものになっている。けっして政治演説のような味気ないものではない。だが批判は批判。ソ連がユートピアではなくディストピアであることをいちはやく見抜いたこの才人は、当局から徹底して弾圧され、1930年代にパリに事実上の亡命をし、そこで客死した。

完全な共産主義国家を樹立しようという試みは、おそらくユートピア建設の最後の願望であり、同時にディストピアの最後の発現形態となるだろう。

共産主義が、人間の平等と抑圧からの解放を目標とし、人間を自由にするという理想に向かっていたのなら問題はなかった。だが、現実に登場した共産主義国家はどれもそれと正反対のものになり、ユートピアをもたらすという口実のもとにディストピアを作っただけである。それは崩壊するほかない。また、同じことは資本主義を選択している国でも起きる。それも忘れずにおこう。

通路にて

ベルリンの壁が壊れ、ディストピアが消えたあと、代わりにユートピアが出現したのではなかった。東ドイツ40年のディストピアの傷がそれほど深かっただけではない。そもそもユートピアなどいまの世界には存在しておらず、西ドイツと再統一したからといって、突然に立ち現れるようなものではなかったのである。

バーゼルの研究所のドイツ人同僚に、ある日、微妙な質問をしてみた。旧・西ドイツ人である。信頼の深い関係だから、ぶしつけにはならない。「壁が壊され、再統一し、東ドイツ人だった人たちと一緒になったころ、《外国人》だと感じた？」。思慮深い彼女はしばし考え込み、ややあってポツリと、「感じたわ」と言った。「何もかも違っていた」。

この人たちはそういう約40年の亀裂を乗り越えようと努力してきた。だがそれでも及ばぬ面は残る。旧東ドイツ地域の失業率は旧西ドイツ地域より高く、自分たちが「二級市民」だと感じている人は多い。

そういう現実を正面から見すえた映画、『希望の灯り』（原題『通路にて』、トマス・ストゥーバー監督）は、政治色をオブラートでくるんだ、つくづく味わい深い作品である。

30年前まで東ドイツだったライプチヒ市郊外、その巨大スーパーに働く元・東ドイツ人たちの、鬱屈《うっくつ》した生活を描く美しいドラマである。うち一人は、この新しいユートピア（ではなかった国）に絶望して自死する。西ドイツ政府が冷酷だったのではない。そこもまた、ユートピアなどではなかっただけだ。

つましい庶民の、幸せいっぱいではない生活を淡々と描くだけなのに、この映画は不思議に安らぎを感じさせてくれる。一つにはそれが、ユートピアなど一撃でできるものではないし、おそらくは地上のどこにもない、と無言のうちに伝えているからだろう。他方で、もはや、

「向こうに行けば幸せになる」壁もない。わたしたちはいつも、いま・ここで、互いに人間らしさを与え合うほかないのだ。

そして、画面の美しさ。遠景でとらえる画面が多く、にもかかわらずカラヴァッジョの絵のように(『婦人之友』2016年7月号参照)、一点光源のとぎ澄まされた光感覚だ。平原の先の遠い夜明け。工場のようなスーパーマーケットの通路に飾られる、ただ素朴なクリスマスのイルミネーション……。胸がつまるほど非凡な情景描写が広がる。

クリスマスを迎え、相変わらず倉庫のような場所で働き続ける人々の姿に、ひそやかに讃美歌96番『エサイの根より』がかぶさる。原作の小説にはないお膳立てで、クリスマスの讃美歌の中でもとりわけ祈りの純朴なこの音楽に、最小限のユートピアへの希望がこめられている。12月だ。「神の庭に一人の子供が発芽しかけている」(多田智満子『降誕節のプロローグ』)のだ。

第3章 いま、ここで、支え合う

2020年

アフガニスタン・シェイワの農業用水路の完工式で、州知事に抱き上げられる中村哲さん。2010年2月。©共同／アマナイメージズ

あとに続く人々

2020年2月号

冬の光

冬の光を見つめている。幾度もくり返し見てきたはずなのに、年ごとに新しく、やわらかい。きびしい季節でもそれを愛でることができるのは、こうしてやわらかさを挟む摂理がどこかで働いているからなのだろう。小さく何ものでもない自分が今日も生かされていることに、あらためて驚く。

またひととせ、いくつかの痛みや悲しみを抱えて重ねた。年ごとにそういうくり越しが多くなるように思うが、ふと、若いころには痛みや悲しみなど大したことはなかったのだろうか、と思い至った。

そんなはずはない。今とは比較にならぬほど多感で、何倍もの痛みや悲しみを抱いていたはずだ。にもかかわらず何とか乗り切れていたのは、その年頃は痛みや悲しみが無数にあったのに、それらがさざ波のように次々と押し寄せていたからなのだろう。ひとつが寄せ、それにうろたえているうちに次の波が寄せてくると、第一波は自然と忘れてしまう。おそらくそんなくり返しだったのだ。

年を重ねると、一波の衝撃には耐えやすくなるかわりに、その痛みがじわじわと続く。執念深くなったのではない。忘れる力が衰えただけで、しかし長く続く痛みにも何とか耐えられるようになっている。そうして再び、自分は何ものかに生かされているのだなと、あらためて思う。

年の瀬（2019年）、会議でバーゼルの同僚たちが東京にやって来て、会議予定のない時間、歴史をたどる小旅行をした。冷たくやわらかい冬の光の中、東京大学の構内をそぞろ歩きする。ふうん、こういうキャンパスで知性を磨いていたんだ。いや、そんな立派なものは何もなく、毎日うろたえていた——。そしていま、あのころは人生にうろたえる特権が十分に与えられていたのだ、と思う。

大学近くの旧岩崎邸庭園にも立ち寄った。三菱財閥総帥の自宅だから、立派の一語に尽きる。邸内に飾られた家族写真。このキモノのお嬢さんきれいね、と言われて見ると、当家の長女、澤田美喜さんだった。戦後たくさんの孤児を育てた立派な人だったんだよと解説しながら、新しい思いに打たれていた。

エリザベス・サンダース・ホーム

澤田さんが開いた、エリザベス・サンダース・ホーム（神奈川県大磯町）のことはよく知られていると思う。戦後、混血児を中心に、捨てられた子供や親を失った子供を次々と引きとって育て上げた。総数は２０００人に上るという。

三菱財閥岩崎家の長女で、ありあまる財産があり、それを慈善活動にふり向けたという話ではない。戦後の財閥解体の憂き目を見、次々と資産が没収されるなか、わずかに残った「外套や骨董なんかを手当たり次第売りつくして」お金をつくり、募金活動をして始めた事業だった（沢田美喜『混血児の母　エリザベス・サンダース・ホーム』、毎日新聞社、１９５３年）。

最初に引き取ったのは、捨てられた二人の子供だった。本の中で澤田さんは、「思えば、この子供達を引取る最初の日、私は、この罪なき孤児の負っている十字架を代わって背負うつもりであった」と書いている。ひとつ慈善事業でもしようか、という慰みごとではない。この人に対して何か強い促しがはたらき、この人の中にその促しを受け止める何かがあったのだ。この人

生きて引き取られる子供ばかりではない。ある夜、ホームに帰ろうとすると、ホームを頼ってきた女性がいた。抱えた毛布を開けると、四隅を湯たんぽに囲まれて、早産児が息絶えている。若い母親は泣きながら、「堕胎したけれど生きて生まれたんです。ここに来る途中、かす

かに泣き声が聞こえていましたから」、と言った。

誰も面倒をみようとしない、この女性と亡くなった赤ちゃんを、澤田さんは引き受けた。知人の医師に死亡診断書を書いてもらい、火葬できるように手配して、自分の教会の納骨堂におさめることにした。だが、牧師の一人は「その子供はまだ洗礼を受けていないから、ここには入れられない」と唱えたという。それに対して澤田さんは、罪を犯していない子供なのだから、洗礼を受けている悪人がそこへ入るよりよいではないか、ときっぱり言った。

「そんな形式的なことを言っているいわゆる聖職者と、罪一つ犯さない赤ん坊、親の罪を負って生れ出た赤ん坊と、どっちが天国にはいる権利があるであろうか」。澤田さんはそう述懐している。そのとおりである。キリスト教の神は形式主義者ではないはずだ。

何も証明されていない世界で

澤田さんはクリスチャンだった。その方の、こういう働きを、信仰と生のみごとな合致と呼ぶのは簡単である。それを成し遂げた人にも、ただ打たれるほかない。

他方で、こういう立派な生涯を知るにつけ、クリスチャンの信仰は何を道しるべに成り立っているのだろうか、とあらためて考え直す。

そんなことはハナから明らかではないか、と言われるかもしれない。救い主イエス・キリストがおり、従うべき教えをすべて書いた聖書がある、と。でも、本当にそうだろうか。誰もが食べるものにさえ事欠いているさなか、街にあふれる孤児たちに対して具体的に何をすべきか、そのための指示はあるだろうか。武器による暴力がはびこり、滞在することさえ命がけの国において、飲み水もない現地人に対して何をどこまですべきか、わたしたちに答えは与えられているだろうか。

「キリスト教は、歴史上の真理に基づいているのではない。われわれに（歴史上の）レポートを与えて、『さあ、信じろ』と言うのである」と書いた人物がいる。前にも触れた（95ページ）、論理哲学者のヴィトゲンシュタインである。

そんなことはない、キリストや使徒の言葉はすべて真理であり、信徒はそれに従えばよいようになっている、という方もいるだろう。それはそれで正しいかもしれない。だがぼくは、数学的に厳密な哲学者でありクリスチャンでもあった、ヴィトゲンシュタインのこの言葉に、何かしら根本的なものを感じる。キリスト者の信仰は、キリストや使徒たちの言葉以上に、それを実際に生きた、あとに続く人々によって支えられているのではないか、と思うのだ。

5つのパンと2匹の魚を増やし、本当に5000人に行き渡らせた（マタイ福音書14章）のかどうか、何一つ証明されてはいない。だが、その逸話から受ける促しは、もしパンや魚がなければ生きていけない人がそれだけいるのなら、5000人分のパンと魚を用意しようと懸命に試みることは正しい、ということである。

何も証明されず、行動の指示書があるわけではない事どもを前にし、懸命に生きた人々。それは、少なく見積もっても信仰の道しるべになる。その人たちの行動を見れば、たとえ「歴史上の真理」が不明確であっても、わたしたちが何を信ずべきかがくっきりと見えるようになる、という意味において。

砂漠にありて

この原稿を書いているさなかの12月4日、アフガニスタンで人道支援に打ち込んできた医師、中村哲さんが殺害された。医師として奉仕したのち、生命の根源である水を確保すべく用水路づくりに全力を挙げ、危険に満ちたこの国の人々をあれほどまでに愛した人に、なぜこのような理不尽な暴力を加えることができるのだろう。わずかな救いは、あの国の人々の多くは中村さんに深く感謝している、と報じられていることだ。

医師としての奉仕活動を棚上げし、用水路建設に打ち込むようになった経緯はよく知られている。清潔な水がないばかりにみすみす命を落とす人々、とくに子供があまりに多いこと、旱魃《かんばつ》で耕すべき畑もなく、したがって食べ物もないために戦《いくさ》が起きること――ならば診療する以上に水を確保しなければならない、そう確信したのだ。１００人の医者よりも1本の用水路のほうが多くの命を救えるのなら、それこそが医師のつとめだ、とご本人は語っている。

最初に着手した用水路は、総延長24キロメートル、それによる灌漑面積は3000ヘクタール、およそ10万人の人々の生活をまかなえる能力をもつものだった。途方もない数字である。干からびた砂漠は緑なす麦畑に生まれ変わり、子供たちが水浴びに歓声を上げるようになった。この方は、5つのパンと2匹の魚を5000人に分け与えるということを、本気で試みたのだ。

復興の名において、あるいは「正義の名において」でも「自由の名において」でも何でもよいのだが、軍事力を動員することの無益さに対しても、現場での体験から説得力のある発言を続けた。

特にアフガニスタンは、2001年「同時多発テロ」後、米国による報復戦争の舞台になり、国土がとことんまで荒らされた。その当時から、「すでに瓦礫の山だけになっているこの国を爆撃しても爆撃できるものは何もない」、と言われていたのに。実際、1979年から10年間に及ぶソ連の軍事侵攻で、とっくに破壊され尽くしていたのだ。

米国による対アフガニスタン侵攻では、中村さん自身が攻撃用ヘリで爆撃にさらされている。それを振り返って中村さんは、この軍隊はいったい何をしに来ているのかと思った、と怒りをこめて回顧している。病人や飢えた人がたくさんいるのに、それを助けに来るならともかく、その上から爆弾を落とすというのはどういうことか、と。（ＮＨＫスペシャル『武器ではなく命の水を』）

日本の国会でもその実情を証言した。米国の尻馬に乗って自衛隊を戦場に派遣しようとしていることに対し、「有害無益」であり「飢餓状態の解消こそが最大の問題」と断言したのである。それに対し、おそらく派兵を推進していた与党議員であろう、野次を飛ばし、罵声や嘲笑を浴びせたという（中村哲『天、共に在り』、ＮＨＫ出版）。日本の、世界を知らぬ国会議員のレベルはその程度である。

真心は信ずるに足る

あれほど苦労の多い奉仕に生涯を捧げたのは、「人は愛するに足り、真心は信ずるに足る」という信念に堅く立っていたからである（中村哲・澤地久枝、同名書、岩波書店）。それは、この方のキリスト教信仰の核心だったのだろう。

その信念を胸に現地の人々と信頼関係を築きあげ、奇跡のような仕事を成し遂げた。そしてこう述べる。

「信頼」は一朝にして築かれるものではない。利害を超え、忍耐を重ね、裏切られても裏切り返さない誠実さこそが、人々の心に触れる。それは、武力以上に強固な安全を提供してくれ、人々を動かすことができる。

（『天、共に在り』）

これが、この方の残した大きな精神的教訓だ。そしてそれ以上に、5つのパンと2匹の魚を5000人に分け与えねばならないのなら、その課題をわが身に負うことが必要でもあり可能でもあると教えてくれたことの意味が大きい。必要なことは可能だということを、気負わずに身をもって示してくれたのだ。

なぜこういう方がこんな目に遭わねばならないか、ただ慟哭《どうこく》だけが心にたゆとう。同時に、こういう気高い方の死からは、不思議と大きな励ましが漂ってくる。ご遺族にとっては胸の張り裂ける思いしかないであろうが、こういう方がいればこそ、自分の信じてきたものは信ずるに値するものだったと実感し、感謝に満たされるのだ。

水道の蛇口をひねると冷たい水が流れ、冬の光に包まれた。日本ではあたりまえの水。それをアフガニスタンの人々と分かち合うことに、中村さんは生涯を捧げたのだ。そのことに思いをいたし、不意に涙がこぼれそうになった。これほどの生き方は、自分程度の者には無理ではある。それでもこの偉大な人につき従って行かねばならない。

光あれ

2020年3月号

文学としての聖書

神は「光あれ」と言われた。すると光があった。神はその光を見て、良しとされた。神はその光と闇とを分けられた。神は光を昼と名づけ、闇を夜と名づけられた。夕となり、また朝となった。第一日である。

（創世記第1章3〜5節）

聖書を文学として、とくに詩として読む人は少なくないだろう。この「創世記」冒頭の個所などその最たるもので、みごとなリズムをもって事態が展開し、第六日目まで同じ勢いが保たれる。そして、日ごとに「夕となり、また朝となった」というくり返しがなされ、たしかな持続感がただよう。まさしく詩的なリズムなのだ。

過去形がくり返される。こういう反復は文章を単調にするおそれもあるのだが、この節の場合、一つ一つの文章に明確な区切りが与えられ、反復ゆえの美しさが強められている。そして最後の文章のみ、「第一日である」と現在形を使って、節全体の構造を引き締めるのだ。

文学的・詩的な美しさというならば、「詩編」などは全体が詩として作られているわけだが、詩そのものとして書かれているかどうかと、詩的な美しさが高いかどうかは必ずしも同じではない。選び抜かれた言葉が内容（定義）を伴い、その並びが緊張感と情感をもたらすときに、文章は詩的な美しさを備えるのだ。

そういう美しさは、たとえば「ヨハネによる福音書」冒頭にも認められる。

初めに言《ことば》があった。言は神と共にあった。言は神であった。すべてのものは、これによってできた。できたもののうち、一つとしてこれによらないものはなかった。この言に命があった。そしてこの命は人の光であった。光は闇の中に輝いている。そして闇はこれに勝たなかった。

何とみごとな詩だろう。「光は闇の中に輝いている」は、この中で唯一の現在形であり、すべらかに流れて進む出来事に不動のくさびを打ち込んでいる。ほかの事柄はすべて過去完了するのに対し、このことだけは今に至るまで続くのだ。こうして世界が堅固に構築される。

ちなみにこの個所は、ぼくの推測だが、ヘルマン・ヘッセ（1877〜1962）の『郷愁（ペーター・カーメンチント）』冒頭第一文、「初めに神話があった」にも受け継がれている。著者の少年時代を回想する章で、村に伝承されたいくつもの神話が描かれる。これも美しい章だが、詩的な完成度ではヨハネ福音書に及ばない。

続く闇のさなかで

ヨハネ福音書では光が闇に勝ったが、現実の世界ではそのとおりにならない。年が改まろうと改まるまいと、いくつかの内戦が戦われ、独裁や圧政が続く。超大国アメリカはまたもや、嫌悪する他国の中心人物（イランのソレイマニ司令官）を殺害し、イランもそれに限定的な報復で応じた。イラクでもレバノンでも、チリでもボリビアでも政府に抗議するデモが続き、香港でも民主主義の圧殺に反対するデモが続く。死者を出してもデモはやまないが、香港と中国の当局が譲歩する気配はない。

日本国内の出来事に目を転じても、政府の腐敗や虚偽、政治家の劣化と不誠実に加え、親による子供の虐待や殺害（何ということか……）、放恣《ほうし》になる一方の暴言や虚言など、救いのない闇が続く。日本だけでなく、いくつもの国においてそうなのだ。

闇が光に勝つのは、人間の歴史の常ではある。それにしても世界と歴史はもう少しましにならないものだろうか。闇が続いてもわたしたちが生きることの理由は二つしかない。一つは、たとえ闇であろうと、そこしか生きる場所がなければ、わたしたちはそこで生きるほかないからだ。もう一つは、どんな闇でも常に、一隅でそれを照らす光をもたらす人がおり、その人たちのためにもすべてを諦めてはならないからだ。

人間の社会の大部分は、そういう不均衡で成り立っている。一方には多くの広く深い闇があり、他方ではその一隅を根気よく照らす少数の強い人がいる。マザー・テレサや、南アフリカの人種差別に反対ののろしを上げたスティーヴ・ビコ（1946〜1977＝虐殺死）や、キング牧師やムクウェゲ医師、中村哲医師といった人々である。

その人たちの仕事は、時には世界を変え、時には変えるに至らない。大事なことは、結果がいずれであろうと、そうして世界の一隅を照らす人々がいたからこそ、人類は全面的に絶望に陥らずに済んだ、ということである。学問（少なくとも社会科学）にはそれほどの力はない。その力がないのなら、学者にできることと言えば、「世界はそれなりにうまく行っている」などと無責任に言わぬことである。本当はうまく行っていないのなら、その犠牲になっている人々の側に立ち、うまく行っていないことに対する批判をやめぬことである。

少なくともぼくは、国際法がうまく機能していると能天気に言ったり、国際法に少し手を加えればよりよい国際秩序ができると根拠なく予言したりはしない。国際法はなければならないが、万能であるわけでもないからだ。

ハマスホイ

それほど闇が深くとも、いや、闇が深ければこそ、光は必要だ。幸いなことに、そういう光をもたらしてくれる人間や物事も、世界には数多くある。たとえば、いくつかの芸術作品。物質が分子を揺さぶられて熱を出すように（電子レンジの仕組みがそれ）、すぐれた芸術作品は人間の魂を揺さぶり、世界に絶望せぬほどには温めてくれるのだ。ヴィルヘルム・ハマスホイ（1864～1916）は、ぼくにとってそういう画家の一人である。

ちょうどバーゼルに帰る時期に重なり、今回は観ることができないが、1月から3月にかけて東京では彼の展覧会が催されるという。ぼくが心を奪われる、デンマークの画家である。以前はハンマースホイと表記されていたが、最近になり、より原音に近いハマスホイに改められたらしい。

色調も構図も異常なまでにおとなしい絵だ。多くの作品において、白い壁にやわらかな陽射しのあたる部屋の中、しばしば後ろ向きになった黒い衣服の女性が描かれる。部屋はときに閉ざされ、人物がしばしば背を向けているのだから、とても閉鎖的な印象を与えがちな技法だ。

だが、彼の絵に惹かれるのは、それが暗いからではない。そうでなくとも世界には闇が多いのだから、さらに暗いものを求める必要はないだろう。そうではなく、彼の絵が完璧に音を消していることが、ぼくにとっての魅力なのだ。

絵なのだから音が鳴ってくるはずはない、とお考えになるだろうか。そうではないだろう。たとえばピカソの傑作『ゲルニカ』からは、爆弾の破裂音や人間の阿鼻叫喚が鳴り響いてくるではないか。ゴッホの傑作『夜のカフェテラス』からは、アルルの街のにぎわいだけでなく、満天の星のまたたきさえ聞こえてくる。

ハマスホイはそのすべてを消した。静寂をカンヴァスに塗り込めたとでも言うかのように、いくら耳をすましても、足音も風の音も、人の息づかいさえも聞こえてこないのだ。ここまで徹底されると、わたしたちは画家の覚悟に脱帽するほかない。世界にどれほど喧噪があろうと、どのような解釈や定義や主張があろうと、自分はこの静謐の中に生きている――。

『背を向けた若い女性のいる室内』と題する1枚などは、有無を言わせぬほど静かで美しい。モデルは妻のイーダである。漆黒の洋服を身にまとい、お盆を小脇に抱えて白と灰色の二段に分けられた壁の前にたたずむイーダ。高ぶることはなく、したがって頂点に登りつめることもない。ひとすじに、あるところで確かに生は終わる、とだけ画面は語っている。

くり返すが、ハマスホイの絵は静かだし、しばしば外界から閉ざされているが、けっして暗くはない。それどころか、窓から陽光の降り注ぐ構図も多く、この画家が静謐な世界を闇にではなく光に求めていたことがよく分かる。その意味で彼の描く世界は、完全には閉ざされておらず、光に導かれて外の世界につながっているのだ。完璧な静けさ、そして北欧の弱々しくうららかな光。それは幸福の一つのかたちである。

暗い時代の人々

『エルサレムのアイヒマン』などで知られる政治哲学者ハンナ・アーレント（1906〜1975）の著作に、『暗い時代の人々』と題する著書がある（邦訳＝河出書房新社）。ローザ・ルクセンブルク（1871〜1919）、カール・ヤスパース（1883〜1969）、ヴァルター・ベンヤミン（1892〜1940）など、それぞれの仕方で困難な時代と正面から向き合った人々の思想や行動を論じた、魅力的な評伝集である。

アーレント自身と同じく、ユダヤ人であった人々あるいはユダヤ人と関連の深かった人々が多いが、アンジェロ・ジュゼッペ・ロンカリ（ローマ教皇ヨハネス23世）なども、深い敬意をこめて論じている。当然ながらユダヤ教徒ではないが、司教時代からユダヤ人の悲惨な宿命に心を砕いていた人だった。アーレントはそれを忘れていない。

各々の人たちについては同書をお読みいただくほかないが、問題は、アーレントが何を考えてこういう題の本をまとめたかである。アーレントの狙いは、混乱や虐殺や不正など、暗い時代の事どもが、ある日突然に起きるのではなく、権力者によって巧妙に隠されながらじわじわと湧いてくる、という点を明らかにすることだった。

アーレントは言う。破局がすべてに襲いかかるそのときまで、不快な事実やスジの通った憂慮は、どれもこれも、無数の公人の巧みなおしゃべりや二枚舌によって煙に巻かれ、いいかげんに済まされてきたのだ、と。だから、わたしたちが「暗い時代」とそこに生きていた人々とに思いをはせるときには、必ずこういう「体制によるカモフラージュ」を想い起こさねばならない、と。ここ数年の日本の事態がふつふつと脳裏に浮かぶではないか。

アーレントの議論の焦点には、しばしば「公的な領域」への関心があった。公人とか公共の事柄という意味である。自分たちは何者であり何をなし得るか、それが人間に分かるように「生活を照らす」ことが「公的な領域」の機能なのに、その機能が失われたなら（たとえば公人が嘘をつきまくり権力を乱用するならば）、そのときわたしたちの生は闇になる、と言うのである。

そのような暗い時代は、別に新しいものではなくいつでも「そこに」あった。とりわけ、「公的なもの」が機能しなくなったときに。「（ゆがんだ）公的なものの光は、あらゆるものを闇におとしいれる」のだ。

それでも、「光あれ」

『暗い時代の人々』に描かれた偉大な人間たちも大切だが、ぼくはもっと、わたしたちの間にもいる、地の塩のような人々の投げかける光に思いを寄せる。アーレントもそれはよく分かっていて、「最も暗い時代においてさえ、わたしたちはなにがしかの光明を待ち望む権利を持つ」と言う。

そういう光明はどこからもたらされるか。それは、「どんな環境にもくじけない少数の人々が灯す、不確かで、ほとんど消え入りそうな、弱い光からだ」と彼女は言うのだ。

だから、いっさいの苦難にもかかわらず、再び「光あれ」と言おう。とりわけ、また訪れるこの3月に。9年前のあの日以来、多くの人々が痛みや悲しみに耐え、多くの人々がそれを励まし支えてきた。この人々にこそ光が注がれるべきなのに、逆に闇の奥から光をもたらしてくれたのだ。それらの人々に、ぼくは感謝することしか知らない。

立ち去らぬ日々

2020年4月号

都電荒川線

2月初め、4カ月ぶりに帰ってきたバーゼルは、いつもと変わらず温かかった。気温が高くて「暖かい」のではなく、街と人間の温かさである。とはいうものの、最初の数日間は雨にたたられた。雪ならばまだしも、冬の雨ほど世話の焼けるものはない。身にまつわりつく水滴は冷たく、靴に侵入されようものなら家に着くまで極地もどきの忍耐になる。

帰るすこし前、1月に高校時代の友人が他界した。近づいたり離れたりの関係で、最近はたまにしか会うこともなくなっていたが、それでも会えば昨日の続きのようで、その意味では親友と言ってよかっただろう。そのお通夜も激しい雨だった。

葬儀場は町屋（東京都荒川区）で、早稲田（同・新宿区）から地下鉄などで行くと何度か乗り換えせねばならず、雨の日は手間になる。どうしようか。考えをめぐらし、そうだ、荒川線で行けば乗り換えなしで済む、と思いあたった。東京に残る唯一の路面電車である。早稲田から町屋へ、ほとんど端から端までになるけれど、久しぶりにこの路線をたどるのも悪くない。そうすることに決めた。

実にゆっくりした電車で、早稲田から乗ると飛鳥山や王子や巣鴨など、東京下町の懐かしい場所を通る。高校が下町だったから、そのあたりはどこも「ご近所」だった。他界した友人との思い出も多い。激しい雨に打たれる都電の窓を見つめていたら、さまざまなことが脳裏によみがえった。自分が打ちのめされているときに励まされ、支えられたこと、ささいなことで起きたいさかいのこと――。葬儀場に着く前から、心に別れのつらさが満ちてしまった。

そういえば、フランソワーズ・サガンの小説『ブラームスはお好き』の一節に、そんな情景があったなと思い出す。精確には雨の情景ではない。主人公の女性が不実な恋人と言いあらそい、ひとり自動車で家に帰るというシーンである。つらくて涙があふれる。そして、目の前が曇った瞬間に思わず車のワイパーを動かしてしまうのだ。格別に好きな作家ではないが、この挿話だけは小洒落ていてうまいなと思う。

あらためて作りえぬもの

そうしてまた一人、友人が世を去っていった。そして思う。去ってからもそうだが、去る前からどの友人もかけがえがなかったことを。特に子供時代からのつき合いの人間がそうである。その何が貴重なのか。それは、古い共通の記憶をあらためて作り直すことはできない、という現実である。

50年も60年も残る記憶を共に持つということは、その人間と、その時にしかできない。それが起きたことを今さら否定もできないし、これからあらためて作ることもできないのだ。だから、古い友人を失った時も失う前も、その大切さへの思いはたんなるノスタルジアではなく、歴史の共有という偶然へのいつくしみと言うべきだろう。

そこで考えることが二つある。一つは、自分の航跡を確認しながら生きる時に必要なことは、懐かしさの記憶を共有できる人間がいるかどうかだ、という点である。幸せな記憶ばかりではないかもしれない。しかし、たとえ悲しみの記憶であっても、それを共有する人間がいること自体に価値があり意味がある。「あの頃はよかった」とわけもなく過去を美化するのではなく、自分たちがどう生きてきたかを確認し、奇跡にも等しい偶然を見つめるのだ。その偶然は、あらゆる意味で奇跡と呼ぶほかない。

もう一つ、それとは逆に、わたしたちが生きる過程で偶然にすれ違っただけで終わる場合がある。にもかかわらずその人間とのつき合いが深まっていれば全く違った人生になっていたかもしれない——。それは推測に過ぎないが、人生にはおそらく、見えないものもたくさんある。「あの人とのつき合いをこう深めておけばよかった」と自覚できる場合もあるだろう。だがそれ以上に不可思議なのは、すれ違っただけで済まさなければ自分の生に大きな意味があったかもしれないのに、その可能性が見えないままで終わることだ。それはいわば、奇跡的な喪失である。

人生が一度きりだという言い方には、起きたことのやり直しがきかないという意味と、見えぬままに失ったものが多いという意味とが含まれている。

ルルーシュとレイ

亡くなった友人と議論した思い出の一つは、1966年のフランス映画『男と女』である。この映画の登場は鮮烈だった。それぞれ連れあいを亡くした男女の恋物語で、フランシス・レイの作曲になる斬新な主題歌が話題を呼んだが、クロード・ルルーシュ監督による映像もまた、冒頭から強烈な詩情を漂わせ、観る者をくぎづけにした。女性主人公のアンヌ（アヌーク・エーメ）が娘と海辺を散歩するシーンで、ソフト・フォーカスで浮かび上がる船、母が子にやさしくお話を聞かせる声――絶妙の組み合わせだった。

筋書き自体は思いどおりにならぬ恋の物語だが、表現方法の新しさはいまも色あせない。画面が監督のひとりよがりでなく、登場人物の心理を的確に表現していた。

ルルーシュとレイのコンビはこの2年後、グルノーブル冬季オリンピックの映画『フランスの13日』（邦題『白い恋人たち』～なんとも甘ったるい題をつけたものだ）でも遺憾なく発揮された。

たんなる記録映画ではなく、冬季スポーツの世界大会を芸術的に描き直すとどうなるか、それを見せつけた作品である。

スポーツ大会の映画としてこれに匹敵する作品は、音楽も含めてこれ以上のものはザラにはない。とはいえ、この映画の手法が完全にオリジナルだったわけではなく、原型は市川崑監督の『東京オリンピック』（1965年）にある。レニ・リーフェンシュタール監督による1936年ベルリン・オリンピックの記録映画、『オリンピア』（『民族の祭典』および『美の祭典』）に学びつつ、それから不快なプロパガンダの要素を拭い消した、みごとな作品だった。『東京オリンピック』に残っていた記録映画の要素、つまり実況ナレーションを拭い去って、よりスポーツ芸術映像に高めたのが『フランスの13日』である。聖火リレーの待ち時間にフランス国旗を腰に巻きつける女子高校生、楽隊を指揮しながら空を舞う飛行機に気を取られる軍人、会場外でソリすべりに戯れる子供たち。何もかもいとおしく新鮮だった。

もっとも、『男と女』、『フランスの13日』を除けば、そのあとのルルーシュ監督作品もレイの音楽作品も、ぼくがとくに気にいることはなかった。ルルーシュ作品は、傑作のほまれ高いものも含めて作為が過ぎるように思われたし、レイの音楽もひたすら甘いだけになったと思う。「巨匠」になる前の、若い時代の挑戦にこそ、人の心に訴える強い魅力があった。

そして再び

2019年、その二人が『男と女』をよみがえらせた。『人生最良の日々』というタイトルのもと、53年前と同じ女性アンヌと男性ジャン=ルイ（ジャン=ルイ・トランティニアン）を主人公にした映画を作ったのだ。

それが伝えられたとき、実はあまり期待していなかった。1986年に『20年後』という副題を添えた続編を作ったが、二番煎じの凡作だったからだ。だが、53年後の作品は違った。あれほどみずみずしく格好のよかった男女が十分に老いて、男はすでに認知症も進行し、老いが主題になっているのだ。

男は老人介護施設に入り、車椅子に座ったきりになっている。そこに、男の息子の頼みで、かつての恋人である女が会いに来る。男は彼女を認識できない。女はやさしく、「ここに座ってよろしいかしら」とそばの椅子につく。男の、戻りそうで戻らない記憶。もどかしい会話が続くが、ずれたまま話ははずむ。「むかし、あなたに似た女性と愛し合っていた。名前もアンヌだった」。

男はついにこのアンヌがあのアンヌであることを分からずに終わるのだが、名優二人のやり取りが実にいい。53年前にカーレーサーで美男だった男が、過去を追想する時の少年のような表情、自分を思いださぬ男を見つめる女の、悲しみにみちた慈愛の表情。だが、会話が完全にはつながらぬだけで、二人の人間は懐かしさを共有している。どう話がつながらなくとも、二人が共に生きた時間はどうしたって否定できないのだ。

ルルーシュはこの映画を53年前の旧作と完全には別物にしなかった。旧作の名シーンが折々はさまれる。そういう挿入は、一つ間違えば通俗さにつながるが、この映画ではそうなっていない。むしろ、映画の作り手と（旧作を知っている）観客とが、かつての衝撃の作品への懐かしさを共有する時間を与えているように思う。

回想シーンの一つ。女が自分の娘と男の息子とを連れて浜辺を散歩している。そこへ仕事を終えた男が車で帰ってきて、ヘッドライトを点滅させる。それに気づいた浜辺の3人がうれしそうに駆け寄り、4人の擬似家族が抱擁し合う。ルルーシュはこのシーンをとりわけ気に入っていたらしく、何度も挿入されている。それこそが彼の思い描く幸せだったのだろう。

それと細やかな美意識。年老いたアンヌ（エーメは年老いた美しさをたたえている）が顔に垂れる髪をかき上げるシーンが何度もある。かつての映画ファンならば「昔もこうだった」と、その美しい所作に心を奪われるはずだ。ルルーシュもそれをよく分かっていて、認知症のジャン＝ルイに、はっと目を見開かせ、「その仕草が本当にきれいだ。アンヌもそうだった」と言わせる。巧みではないか。

そうして人生が終わっていく。

偶然の共有

2月のバーゼルは、数日の激しい雨のあと冬らしくない暖かさになり、青空を取り戻した。研究所へ行く途中に空を見上げると、いつものようにたくさんの飛行機雲が舞っている。そのうちの、北の空に刻まれた3本を見て驚いた。交差して正三角形を描いているのだ。何度も確かめたが、やはりみごとな正三角形だ。それぞれ違う方角に飛ぶ飛行機の航跡だから、完璧な偶然である。

一般に学者という人種は、偶然だらけの事柄について語るのを好まない。あれもこれも「偶々《たまたま》そうなった」となると、説明すべきことがなくなり、商売上がったりだからだ。だから偶然の多い世界について学問的な作業をしようとすると、それら無数の偶然がいかに必然的に生まれ、いかに体系的であるかを論ずることになる。因果な商売だ。

やりたければそれもよいが、わたしたちの生にはやはり偶然が多い。すべて神の設計図どおりだと信じない限り、そうである。自分が日本に生まれたことも、大和民族に生まれついたことも、自分で選んだわけではない。

人と人の出会いもそうであり、したがってそこでは一つの偶然が共有されている。それが長く保たれた場合、懐かしさを分かち合うことに意味があるというのも、まさしくそれゆえである。むろん、偶然の事実自体を自慢したりはできない。自分は日本人だから偉いなどという考え方に意味がないことは、少し海外で暮らせばすぐに分かる。大事なことは、だから、分かち合った偶然を大切にするかどうかなのだろう。

1月に亡くなった友人と最後に会ったのは、昨年10月、高校卒業50周年の同窓会でだった。始まって間もなく、少し調子が悪いから帰ると言い出した。「大丈夫かい?」。「大したことないよ」。それが最後になった。

別れの言葉は高校の昔から決まっている。「じゃあな」。「うん、またな」。最後になると分かっていれば、もう少し話すのだった。だがそんなことは分からない。偶然は最後まで偶然であり、その最後の一片のみ、共有できずに終わる。それができぬことの悲しみだけは、一人で抱え続けるしかない。

この、感謝のとき

2020年6月号

仲間たち

3月中旬、段階的に非常事態が宣言されるころから、バーゼルの街にも、沈黙を強いるような緊張感がみなぎり始めた。学校は休校になり、商店は薬局と食品店を除いて休業を求められ、勤め人は原則として在宅勤務を要請された。

とりわけ街を寂しくしたのは、レストランやカフェなど、市民のささやかな憩いの場が一斉に灯を消したことだったかもしれない。歓楽街があるわけでもないこの街で、一日の終わりに仲間とビールを酌み交わし、さりげない出来事を語らう、それは貴重な場だった。

市民の対応は冷静で、政府の措置に納得し、おおむね指示を守っていたように思う。バーゼル市民一丸となっての対処が始まった。これは民主主義社会での、自分たちスイス市民の選択なのだ、と。街を封鎖したり外出禁止措置をとったりはしなかったが、市内にあるドイツおよびフランスとの国境はいちおう閉じられ、今日が昨日とは違うことを誰もが実感した。

大学も教室での講義が中止になってオンラインに切り替わり、研究所の教員と職員も原則として在宅勤務になる。宣言が出され、研究所の主《おも》だった人間たちの会議が持たれた。勤務体系をどうしようか、大学院生の面倒をどうみようか。自分は日本での仕事が始まる直前までバーゼルに残る、きみたちと一緒にいる、とぼくは言った。

そのときの仲間たちの対応を、ぼくは生涯忘れない。仲間たちが言った。いたいだけいて下さい、必要な面倒は全部みます。客員教授の任命延長の手続き、宿舎の確保、官舎が無理な場合の私邸の提供、常備薬の処方箋の手配、非常用食糧のおすそ分け。あっという間に分担が決まった。

でもそのあと、日本の状況がもっと悪くなり、スイスからの出国も日本への入国も、両方とも不可能になるかもしれないとなって、友人たちは心配し始めた。いくらでもお世話はします、でもあなたが何カ月も帰れなくなることが心配です——。

自分の街だし長くいるのはかまわない。だが数カ月もい続けることになり、日本での仕事の責任を果たせないのは困る。そう考え、眠れぬ夜が明けた朝、ひとまず帰国するというつらい決断をした。

帰国

日本での責任もあるが、バーゼルの友人たちに果てしなく負担をかけることになるのを避けたかった。そう言うと、いつも親切に気配りしてくれるドイツ人の同僚が、語気を強めて言った。あなたはいつも他人に負担をかけたくないと言うけれど、いいわね、間違えないで。みんなあなたが研究所に残ってほしいと願っているし、そのために対処するのは負担でも何でもないのですからね――。

結局ひとまず日本に戻ることに決めたが、最後の数日、がらんとした研究所には、管理役を買って出たこのドイツ人同僚しか来ない。去年10月に引っ越したばかり、4棟の18世紀建築からなる研究所に彼女が一人きりでいるのがかわいそうで、ぼくは前日まで通い続けた。

帰国前日、急用で現れた別のスイス人所員も一緒に、3人で家路についた。閑散とした目抜き通りを抜けて、ライン河沿いに歩く。右と左に別れるべき場所に差しかかったとき、もう少し河沿いに歩こうと決め、しまいには二つ向こうの橋まで一緒に歩いてしまった。「マルティン教会でのコンサートはキャンセルになっちゃったね」、「あのおいしいデューナー(ケバブ)のお店にも行けなかったね」と他愛ない話題を続け、最後は涙声になった。

この危機の中、そんな仲間を持てたことに、ぼくは深い感謝をおぼえる。危機に直面しても留まりたいと思う場所は、必ずしも自分が生まれ育った場所とは限らない。むしろ、「きみたちに、ありがとう」と言える、家族や仲間たちがいる場所だろう。この危機が収まったらすぐに帰ってくるから、とぼくは言った。もうハグはおろか、握手さえしてはいけなくなっている。最後のドライローゼン橋のたもとで、軽く握った拳と拳を合わせて別れた。

帰国の日も、スイス全国でたくさんの人が働いている。タクシーの運転手さん、駅のコーヒースタンドの女性、駅員さん、検札の車掌さん、空港の地上職員、税関職員。その人たちにぼくは、「ありがとう」のあとで同じ言葉を言い続けた。「お元気でいて下さいね」。そうすると、その誰もがまったく同じ反応をした。一瞬あっけにとられ、すぐに笑顔になり、「あなたも！」と言ったのだ。

みんなで苦難に立ち向かい、多くの人が働くことすらできなくなっているこの日々、逆に危険に身をさらしながら勤めを果たさざるを得ない人が幾人もいる。医療の最前線でも、生活の最前線でも。国を去るとき、その人たちに対してできることは、感謝と祈りしかない。

もう立ち入りが制限され、使える場所も制限されたチューリヒの空港。ぽつねんと飛行機を待っていたちょうどその時間、スイスの街々では、市民が心を一つにして拍手し、不眠不休の活動をする医療従事者に感謝を示す行動をしていた。それを知ったのは日本に戻ってからである。

飛行機がチューリヒの空に舞い上がったとき、一人一人の「あなたも！」を思い出して胸が詰まった。

人間、この弱きもの

バーゼルを離れる前の日、通りの柊目木《ヒイラギメギ》をみつめて思った。ああ、この野花はコロナウイルスにも負けず、今年もけなげに咲いている。多くの人間が生活や生命を奪われているときに、陽の光と雨水以外は誰の助けも借りず、しっかりと咲き誇っている。

ありきたりだが、マタイ福音書の有名な一節を想い起こした。「野の花がどうして育っているか、考えてみるがよい。働きもせずに紡ぎもしない」。しかし、栄華をきわめたソロモンでさえ「この花の一つほどにも着飾ってはいなかった」（6章28〜29節）。

聖書はこのあと、だから神は人間をもっと大切に守ってくださる、と続くのだが、ひとまず人間の弱さを思う。捕食動物の頂点に立っているという意味で人間は最強かもしれないが、種をまき、穀物を刈り取り、着物を調達しなければならない。柊目木のように何一つわずらわされずに生きることはできないし、それどころか、小さなタンパク質でしかないウイルスにも簡単に負けてしまう。

人類の弱さをあらためて思った。悪いことにわたしたちの多くは、そういう抜きがたい弱さを、疫病や災害など、自然の脅威にさらされたときにしか感じない。だが自然の脅威と驚異は厳然として続き、それを完全に「克服」することはできないのだ。

たとえば北極の氷のかたまりをなくすことなど、何十万年もできずにきた。その氷が崩れ始めたのは、地球が温暖化し、人間がみずからこの惑星をおかしくしてからである。人間は、自分たちを苦しめることによってしか、自然の摂理を変えることができない。

ウイルスの猛威の前で多くの人々が苦しみ、悲しんでいる。その災厄が1日も早く終息することを祈るほかないが、それはまた、人類の弱さを謙虚に想い起こすときでもあるだろう。そして、苦しむ人々のために懸命の働きをする人々、日々の生活を支えるために仕事をし続ける人々に感謝する好機でもある。

お店の皆さん、ありがとう

バーゼルの住まいのすぐそばに、カトリック教会が立っている。毎月一度、実に上等な音楽会が行われる、ぼくの好きな教会だ。それが3月に入るや、突然閉鎖された。扉に貼られた告知を見ると、お隣の大学病院に協力して当分のあいだ閉めます、とある。街の人の話では、新型コロナ患者の救急収容に使っているらしいとのことだった。

数日後、夜の散歩でその前を通ったとき、あっと驚く光景が目に飛び込んできた。たまたま扉が開くと、広い聖堂の内部にこうこうと灯りがついている。いくつものついたてで仕切られ、防護服に包まれた無数の人が懸命に働いているのだった。救急収容ではなくウイルス検査のためだという。いずれであれ、夜を徹して働く人々の、まるで野戦病院のような壮絶な風景だった。

少しだけ休憩が取れたのだろう、若い女性看護師が外に出てきて、憔悴しきった様子で入り口にぺたんと腰をおろし、深い溜息をついていてうなだれた。

こういう危機的な事態をすぐに「戦争」と形容することを、ぼくは好まない。戦争と呼んだが最後、何をしても構わないと言わんばかりの政策が取られがちだからだ。人権無視も弱者切り捨ても起きる。だが、この緊急事態のさなか、ああして危険を顧みずに人間の生命のために働く人々の様子は、まさしく戦争そのものだ。ぼくは頭をたれた。

帰ってきた日本でも、医療の前線に立つ人々や、市民生活を支えるために働き続ける人々がたくさんいる。その人々にただ感謝を捧げるほかないが、この危機に対する政治や行政にはむしろ批判的な思いが強い。同時に、外出自粛しようと思えばできるのにしない人、他人との距離を取ろうともしない人が多いことにも驚いた。

政治について一点だけ言っておこう。森友・加計疑惑（それに起因するまじめな一財務省職員の痛ましい自死）、検事総長定年の操作、桜見物の私物化などなど、数多くの無責任あるいは違法な行動がなければ、政治も行政もこの危機にもっと早く立ち向かうことができたはずだ。隠蔽や改竄《かいざん》や知らばっくれをくり返してきた為政者の言うことは信頼できない。その意味で今回の危機は、日本においては医学的・疫学的危機である以上に政治的危機である。

スイスやドイツは、その点で大きく異なっていた。感染者や死者の数では日本よりはるかに深刻で、それはこの原稿の執筆時点（4月中旬）でも変わらない。だが、政府の措置に理解を示し、かつ、それが自分たちの民主的選択でもあると考える市民が多い点で、少し違うように思う。

ドイツでも多くの市民が恐怖と不便に耐えつつ、不満も少なくはないが、3月18日、メルケル首相のテレビ演説が多くの国民を励ました。それはこの国が民主国家であることを不動の前提にし、国民自身による努力と連帯とが何より重要だと述べ、さまざまな制限が民主主義にとってふだんはあってはならない措置である、と説くものだった。

演説の白眉はおそらく、首相が一呼吸おいて「ここで、ふだん感謝されることのない人々に対し、感謝を述べさせて下さい」と語り始めたときだったろう。「スーパーでレジに立ち続ける皆さん、棚に商品を補給している皆さん、ありがとう。社会の仲間たちのため、そこに留まり、わたしたちの生活が止まらぬようにしてくれて、ありがとう」。危機の際の統率力とは、こういうことを言う。

この「戦争」のあとで

闇が明けるきざしはまだない（4月中旬現在）。だが、市民が連帯し合い、みずからの行動を律すれば、いつかは終息する。ならば、このあとも続く世界に何を持ち越し何を持ち越さないか、それを考えておくことが必要だろう。

危機の際の権力的統制や監視を持ち越してはならない。弱者無視も次の危機までに改めておく必要がある。医療従事者の懸命の努力にもかかわらず、医療体制が不十分なまま放置されていた現実を反省しなければならない。来《きた》るべき世界は、経済面でも社会面でも環境面でも、今とはまったく違ったものになるだろうからだ。

そして、この中で芽生えた、最前線で戦う人々への感謝は残そう。たしかにいまの事態は、カミュの『ペスト』に描かれたように、不条理のきわみではある。しかし、人間は不条理にからめ取られまいとする存在でもあり、それによって、「最も弱い」生き物であるにもかかわらず、敗れても敗れても尊厳を保ってきた。戦争の後も、ウイルスの後も。カミュが記したように、「人間のうちには、軽蔑すべきものより讃美すべきもののほうが多くある」のだ。

だからこそ、感謝から始めよう。来るべき世界をより良いものにするために。

カッコウの巣を閉じて

２０２０年9月号

ゆで卵の声

梅雨のわずかな晴れ間の日、乾きを取り戻した木立の向こうからカッコウの声が聞こえてきた。初夏の東京、しかも街なかにいるはずはない。でも、そういえば、近くの大学の小さな森に住んでいると聞いたことがある。最近その木々がかなり切り倒されたので、住み家を失った鳥がこちらに避難してきたのかもしれない。

子供のころ、家の周囲にカッコウがたくさん住み、夏の陽射しがいつもその声に彩られていた。そのせいか、あのゆで卵のような鳴き声がとても好きだ。まろやかで、穏やかで、攻撃性がない。夏風に軽くあおられたカーテンのふくらみがこの声を包みこんでいると、えも言われず豊かな気持ちになる。

家の右側で一度、左側で一度、ふたたび右側に戻って一度、巣ごもりの人間を慰める公演が続き、それで終わった。じきにヒヨドリの甲高い声が聞こえてきたから、それに追い払われたのかもしれない。

カッコウというと、1975年のアメリカ映画『カッコーの巣の上で』（ミロス・フォアマン監督）が頭に浮かぶ。「カッコーの巣」は俗語で精神病院を意味する。

そこに入院してきた男が主人公。犯罪者だが、刑務所から逃れようと、狂気をよそおって首尾よく入院したのだ。だが病院における虐待は刑務所以上だった。暴力をふるわれ、ベルトや鎖で拘束され、耐えがたい痛みを与える電気ショックを施され……。

主人公のマクマーフィは脱走を企てる。しかし、脱走前夜、前祝いとばかりに、病院外から持ち込んだ酒で他の患者たちとドンチャン騒ぎの酒盛りをやり、すべては水の泡。あげくの果てに、罰としてロボトミー（脳の一部を切除する手術）を施され、廃人同様になる。

ふたたび、『輝ける青春』

『カッコーの巣の上で』の英語原題は、『一人がカッコーの巣を飛び越えた』だった。つまり、精神病院を脱出したという意味になる。映画でも、マクマーフィと心を通わせたアメリカ先住民の入院患者が、鉄格子の窓を並はずれた力でぶち壊して脱走した。カッコウの巣から解き放たれ、男は自由に向けて早暁の淡い光の中を歩む。

この映画は世界で高い評価を受けた。脱走して自由への道を歩む人物の姿が感動的だ、とも。

だがぼくは、ドラマとしてよくできているが、何かしら割り切れぬものが残ると感じた。脱走した人間は腕力があり、破壊によって病院の外に出られたが、病院は残る。残された患者たちも、もし精神病院がそのようにむごたらしい状態であるのなら、多くの虐待の中に残る。一度の破壊行為は一度きり、一人きりであって、問題の解決にはならない。問題は制度なのではないか――。

ぼくは精神医学や医療の専門家ではないが、精神医療について改善すべき問題があるという点に関して、ある人々が長い運動を続けていることだけは知っている。

その問題の大切さを気づかせてくれたのは、以前にも取り上げた（『婦人之友』2017年11月号）イタリア映画、『輝ける青春』である。いくつものテーマを含む大河映画だが、その一つが精神病院における拘束や監禁や暴力の停止の問題だった。イタリアの深刻な状況を受け、改革のための精神科医による運動があった事実を踏まえている。

主人公の一人、ニコラは精神科医で、状況改善に心を砕く医師の一人である。拘束をやめ、鉄格子をはずし、高い塀を取っ払わなくてはならない――。

ニコラが口にし、ハッとさせられた言葉がある。弟のマッテオに自分の病院を案内し、「あの患者たちは何の病気なんだい？」と聞かれて、「分裂症、と言われている。医学的には何の意味もない病名だ」と答えるシーンだ。知っていたはずなのに、衝撃的だった。

拘束を解く

この映画を初めて観たとき、聞きもらしていたセリフがある。病院でニコラの部屋に入ったマッテオが、飾ってある写真に目を止め、誰かと聞く。「ああ、恩師のバザーリア先生だよ」とニコラ。

この一瞬のひと言に、大きな社会的テーマが示唆されていた。精神医学・医療の専門家なら誰もが知る、フランコ・バザーリア医師（1924〜1980）である。「精神病」についての理解をあらため、治療方法を変革し、精神病院そのものをなくすことまで唱えた人だった。

改革の試みは、1961年、バザーリアがゴリツィアという街の精神病院の院長になったとき本格的に始まった。患者が院内に幽閉され、衣類やベルトで拘束され、暴力をふるわれ、電気ショックのようなむごい「治療」を施されている。それを見てバザーリアは、そこに「市民としての人間がいない」と痛感し、改善をしなければならないと決めた（大熊一夫編著『精神病院はいらない！』、現代書館）。

ゴリツィアで「患者」を牢獄のような病院から解放する運動を始め、次にトリエステの病院で、病院そのものをなくす運動を始めた。精神病者を街なかに放り出す、という意味ではない。まず入院患者たちを拘束から解き、社会で生きる権利を回復する。そのために医師や看護師や心理士のほうが病院から街に出て、患者の生活を支えるのだ。

精神病院に替えて地域精神保健センターといったものを設け、強制的でない治療はする。しかし主力は患者たちに尊厳を戻し、食べていく能力を得させ、人間の共同体の中で生きられるようにすることだ。最初のころバザーリアは、「もし縛られている人を見たら、すぐに解きなさい」と口ぐせのように言っていたという（G・D・ジューディチェ『いますぐ彼を解きなさい』、ミネルヴァ書房）。

もちろん、批判もあれば抵抗もあった。日本でも今なお、こういう方式に対しては、厚労省を軸に強い批判があるという（大熊・前掲書1章）。それはあらためて検証しよう。ともあれイタリアでは1978年、バザーリアと仲間たちの運動が実って、強制入院などをほぼ不可能にし、精神病院をなくす方向に踏み出す法律180号が制定された。

ひがし町診療所

この日本にも、バザーリアのような考え方に沿った、新しい精神医療に取り組む人たちがいる。たとえば北海道・浦河町の、ひがし町《まち》診療所の人々。大病院で精神科の患者を次々と退院させることを試みた、川村敏明医師を中心に運営されている。

そこでは、精神障害者の「地域での暮らし」をスタッフが手分けしながら支えている。その様子を伝える記録（斉藤道雄『治したくない　ひがし町診療所の日々』、みすず書房）を読むと、精神障害を持つ人とそうでない人とが渾然一体となって《共に生き合う》姿につくづく励まされる。

たやすいことでも苦労のないことでもない。本当は大変なことが多いに違いないのだが、著者の軽妙な描写力も手伝って、この診療所（とその周り）のでき事はほのぼのとしていて、人間の可能性を感じさせてくれる。

たとえば統合失調症の大貫さんの子育て。生活能力もなく、育児放棄した経験もあるが、どこかで妊娠し、浦河町に戻ってきた。それを川村先生はじめ、誰もが温かく受け入れた。みんなで育てればいい——。

タックと名づけられた赤ちゃんは、精神の病を持つ人々の集う「デイケア」で、みんなに育てられ始めた。泣くとすかさず誰かが手を貸す。川村先生はそれを、「しっかりしていない人」がたくさん集まり、何ほどか「しっかりした人」が手を差し出し、全体が温かくなる、と表現している。一人ひとりが完璧でなくとも、社会として回っていけばそれでよい、ということだろう。

ひがし町の対応について、本の著者は、「そもそも解決方法があるかどうかもわからない、ずっと考え、語りつづけるしかない課題」を追うものだと言う。だがそれは、人生でも世界の状況でも、普通に存在する問題なのではないか。「正常」だとされて生きる人間たちが気づかずにいる、隠れた真理。それをひがし町の人々が教えてくれる。

「正常」と「異常」の境界

この問題の専門家でないだけでなく、精神病院のお世話になったこともない。だから直接の経験は何もないのだが、うーむと考え込む経験をしたことはある。

ある大都市の新幹線駅でお手洗いに入った。奥から怒鳴り声のような奇声が聞こえてくる。誰かがケンカでもしているのかな。だが声が近づくと、男性が一人でわめき続けているのだった。「ああ、精神異常者か」。そう考えた瞬間、その男性と目が合ってしまった。

そのとき何が起きたか。その男性はぼくを一瞥し、「は〜い、アタマのびょうきで〜す」、とフシをつけて言ったのだ。ぼくは混乱した。自分が「理性的に」ものごとを判断したつもりだったのに、相手に心の中を読まれていただけだったか——。正常だの異常だのと言っても、どこでその二つが分かれるのか、はっきりした境界はないのだと思った。

バザーリアの仲間だったロベルト・メッツィーナ医師がそれに関して鋭い指摘をしている（大熊・前掲書4章）。精神病院だけでなく、この世界では常に「境界」が問題になっているのだ、と。国と国との境界、正常と異常の境界、健康と病気の境界、精神医療と社会の境界、などなど。

そのとおりだ。わたしたちはしばしば、すべて最初から明らかであるかのように、ものごとの間に明瞭すぎる境界線を引いてしまう。それを引いたばかりに事態はかえって悪化する場合でもそうである。

むろん、なんでも曖昧なままに放っておけばよいということではない。だが、なぜ・何のためにこの境界が引かれたか、分からなくなることは多いはずだ。

悲劇の陰に

２０１６年、相模原市の障害者施設で多数の殺害事件が起きたとき、ぼくは法律家として本能的に、「被害者と家族には気の毒だが、これは無罪だな」と思った。加害者の言っていることがとても正常とは思えなかったし、逮捕直後の写真で（撮影瞬間の偶然かもしれないが）彼がニタニタ笑っていたからだ。精神に異常があれば刑法上の責任は問えない。

だが精神鑑定の結果は「正常な判断能力がある」というものだった。専門家の判断だから尊重すべきではあろう。そして今年3月、死刑判決が下され、すぐ後に確定した。

被害者感情からは当然の判決には違いない。しかし、この加害者にもう少し語らせるべきだった、と思う。一つには、裁判で被告の友人が、「施設で入所者は人間として扱われていない、と被告は言っていた」と証言していることだ（『相模原事件と優生思想』、毎日新聞電子版2020年4月9日）。被害者である施設にむごいことを言うつもりはない。だが、もし加害者の語ったことが真実であるならば、その問題を日本社会の問題として考えるきっかけにすべきだった、とは思うのだ。少なくとも、彼が「正常」であると言うならば、そういう問題点の指摘も正面から受け止めねばならないはずである。

もう一つ、加害者の「障害者は生きるべきではない」という主張に、ネットでは多くの賛同意見があったという。慄然《りつぜん》とするが、もし彼が「正常」であったなら、日本社会には、そういう優生思想を抱く多数の「正常人」がいることになる。だが、何をもってそれを「正常」と言うか。

バザーリアやひがし町診療所の取り組みは《無意味な境界》を消すことに成功した。それは希望を生む。それとは対照的に、日本社会のこの傾向は、他者を排除しようとする思考を「正常」としたまま放っておく、《凶暴な境界化》であるように思われてならない。

カッコウの巣を飛び出した人がおり、カッコウの巣でなく死刑台を選ぶ人がいた。問題は複雑だが、カッコウの巣を閉じる努力が最も人間的なのではないか。

かたちのない時間

2020年10月号

あの夏の数かぎりなきそしてまた
たった一つの表情をせよ　（小野茂樹）

黙るカレンダー

8月に入り、カレンダーを1枚めくって息をのんだ。数字が羅列されているだけで、そこに時間の躍動がない。カレンダーだから数字だけ印刷されているのは当然……ではないだろう。いつもならこのページには、お盆の1週間があり、帰郷する家族があり、夏祭りがあった。数字の背後に潮騒が響き、早朝の森が涼やかな影をひろげ、甲子園では白球と声援が青空に舞い上がっていた。一つ一つの数字にかたちがあり、それらが浮き立っていたのだ。

大きな戦災や自然災害を受けた地域なら、そのような消失はすでに経験済みであるだろう。そういう時間の静止と沈黙を、今年は国じゅうが、いや世界じゅうが味わっている。たった一つのウイルスが、人の動きも声も、すべて止めてしまった。忙しく立ち働いているのは医療従事者と生活最前線の人々だが、その人たちにとっても、危険や恐怖の度合いが高いだけで、生活そのものは起伏がなく単調である点は同じだろう。

失われたかたちを、わたしたちの時間はいつ取り戻すのだろうか。おそらく来年には――誰もがそう願い、そして誰もが勇気を試されている。こんなことで負けたりはしない、生き延びてあの夏の輝きを取り戻す、と。

冒頭の小野茂樹（１９３６～１９７０）の短歌はとても有名だし、ご存知の方も多いだろう。歌自体は大切な女性に向けた、はりつめてみずみずしい愛の歌である。あの夏、きみが見せてくれたたくさんの美しい表情を、いや、あの最も美しかった表情を、また見せてほしい――。

この歌をぼくは、かたちを失った今年の夏に事よせて読んだ。そして、帰れなくなったバーゼルに想いを馳せる。何世紀も変わらずに続いてきたつましい生活、ようやく安住の地を見つけた移民たちの笑顔、波光きらめくラインの流れ。遠からずきっと、あの街の美しい表情を自分のそばに取り戻すのだ、と。

武漢の勇気

世界で最初に新型コロナウイルス感染者が発見された中国の武漢で、都市封鎖（ロックダウン）のさなか、街の様子を記録し続けた現地の作家がいる。方方《ファン・ファン》さんで、その『武漢日記』

は世界各地で知られるところとなった。最初は短文投稿サイトに掲載したが、恐れることなく政府批判もしたため、すぐに閉鎖され、友人の力を借りて別のサイトに掲載され続けた。時々刻々、市民の不安や恐怖や不満を生々しく伝え、それが多くの読者を引きつけたのだ。

サイトそのものをぼくは読めなかったが、掲載がいちおう完結（3月24日）して間もなく、英語訳と独語訳が出版されたため、両方を購入して読むことができた。この事実をよく分かっていただきたい。封鎖された街で、しかも意見表明や政府批判の自由がない国で発せられた声が、たくましく国境を越えて外に伸び広がり、外国に住むわたしたちも読める。それが現代という時代なのだ。むろんその陰に、勇気と知恵を備えた人々の連帯と協力がある。

この日記は驚くほど率直でみずみずしい。超大国だが自由に乏しいこの国で、よくこのように書けたと感心する。みずみずしい――おそらくそうとしか言いようのない日記なのだ。この新型ウイルスに襲われ、世界各地の誰もが感じている不安や恐怖や不満を、同じように感じ、同じように書きつけているからだろう。

その意味でこの日記は、無力な市民の切実な声であり、何よりもその点ですぐれている。書き手が中国人でなくとも、事態の起きているのが中国でなくとも、誰しも同じように書いていただろう。そういう作品を「反体制」の政治的な書物だと言うのは、たんなる的はずれである。

共感こそが原動力

前に紹介したアストリッド・リンドグレーンの戦中日記と同じく（『婦人之友』2020年1月号）、この日記も「記録を残そう」という明確な意志をもって書き始められた。

権力を恐れぬ強い意志を持つ人だから、政府やお役人に対する批判もある。たとえば発生のころに的確な判断ができず、感染があっという間に広まる一因を作った、政府おかかえの王広発《ワン・グアンファ》医師。「人から人への感染はない」と言い続け、「完全に制御できる」と言ったのに、苦しむ人々を前にしてまったく悔いるところがない、と手きびしい。マスクほか不足だらけの物資、対応しきれない病院、うろたえるだけの行政、公開されない情報――。

だがリンドグレーンと同じく、この著者は人間に対する共感にあふれ、同じ苦しみで結ばれた人々の視点に立っている。たとえば、夜遅く武漢から自分の村へ帰ろうとして自警団のような人間たち（日本の「自粛警察」と同じだ）に追い返される、貧しい農民の様子。方方さんは、この人たちはなぜこんなことをするのだろうと、悲しみにくれる。「われこそは正義」と自己陶酔し、あらゆる行為を自分に許す人々が、彼女にはおよそ理解できないのだ。

そして、何より心が張り裂けそうになったできごと。母をコロナで失った少女が狂ったように泣き叫びながら、霊柩車のあとを追い続けていた光景だ。母親の最期がどうであったのかも、このあとどう埋葬されるのかも分からない。ビデオでそれを見た方方さんは耐えがたい思いにとらわれる。「中国文化において、死の儀式はある意味で生よりも大事なのに、この女の子にはそれすらも認められないのだろうか……」。

時間がかたちを失ったこの夏、時間の起伏と言えば、いつもこういう悲しみの話ばかりだった。

けっしてひるまない

友人たちの助け合い、家族相互の思いやりなど、これまたどこにも共通した心温まる逸話も多い。まさしく危機の中の庶民の記録なのだ。できるかぎり率直に、客観的に。

だが中国においてこの日記は、多くの人がそれに励まされ、毎日の掲載を待ちわびた反面、掲載中からネット上で激烈な批判や悪口雑言も浴びた。いわゆる「炎上」である。日記の記載に当局への率直な批判もあるため、愛国的でないとか利敵行為だとか攻撃してきたという。どこの国にも、ものを考えずに感情にまかせて暴力的になる人間がいるものだ。こういう人々を中国では「極左勢力」と呼ぶ。政府の強権統治を理屈ぬきで支持する自称「愛国者」のことである。ところ変われば品変わる。

しかし方方さんはひるまなかった。「アメリカの走狗《そうく》」などという的はずれの中傷も受けたが、ロックダウン解除が発表されるまで記録を掲載し続けた。それどころか、その的はずれの中傷に対し、「見てみなさい。米中両国はいまや相手を嗅ぎまわり、罵り合っているではありませんか」と一笑に付している。世界全体が見えている人なのだ。また、あの民族主義的な「極左勢力」を一掃しなければ中国は滅ぶ、とも書きつけている。愛する自国を客観的に見抜いている人だ。

そして最後の日の記載。「わたしはもう十分にあの美しい闘いを闘ってきた」、「いつでも自分が真理だと信ずるものの傍らに堅く立ってきた」。本書の真の価値が、この最後の言明に集約されている。これは普通の庶民感覚と他者への豊かな共感を持った人間の、並々ならぬ勇気の記録なのだ。日本でも近々、翻訳が出版されるという。

人はどさくさに紛れる

平坦になってしまった時間を尻目に、このどさくさで悪事を働く者、利得を得ようとする国もある。日本でも、首相がこの未曾有の危機のなか、国会を閉じたまま、ほぼ隠れていた。病気には同情するが、憲法を軽んじて首相の責務を果たさずにいた姿勢は、やはり肯定できない。

どさくさかどうか分からないが、武漢のコロナ情勢が小休止するやいなや、香港の情勢が急激に悪化した。それは隣国の問題だが他人事ではない。人間の自由と権利、そして民主主義に関わる、世界全体の問題だからだ。

１９９７年、香港の主権が英国から中国に返還されたとき、これで植民地主義の時代が一つ終わるかと素朴に納得した。「返還」は国際法上、英国が香港の「99年間の租借」を終えた、という言い方になる。「99年間の租借」とは、国際慣習法で「無期限」という意味だとされていた。事実上の植民地化だったが、英国が最近の日本政府のように「何でもほっかむり」できなくなり、返還を決めたのだ。

だが、ことは単純な植民地の終わりではない。それまで曲がりなりに民主的統治下にあった地域と人々が、ある日突然、共産主義国家に組み替えられ、人々もその国民となる変化なのだ。そこで共産主義とは、経済体制ではなく（経済に関して中国は強力な資本主義国家である）、政治体制としての一党支配、権威主義、民主的権利の欠如を意味する。

この革命的な変化を嫌った多数の香港市民が返還前に香港を脱出し、自分の望む政治体制を外に求めた。その結果、中国政府も譲歩し、香港の法と政治の制度を尊重するとしたのが「１国２制度」の方式である。

だがその国際社会との約束も知らぬげに、権威主義体制を強める中国政府が、香港を中国化しようと次々と手を打つ。その頂点が２０２０年６月施行の「香港国家安全維持法」である。

民主的な香港の維持を求める大勢の市民が反対したが、強権政治ゆえの強圧や逮捕が続いている。

開かれよ、恐れずに

逮捕され、裁判にかけられ、中国に移送されるかもしれない恐怖と闘いながら運動を止めない人々の姿は、『武漢日記』の方方さんに重なる。とりわけ、ぼくにとっては孫のような年齢の若者たちが、勇気をふりしぼって主張し続ける姿に胸が痛む。あなたたちは間違っていない――せめてその言葉だけでも、抵抗する人々に届けよう。

中国には中国なりの言い分もあるかもしれないが、かつて中国の領土だったからといって、そこの住民がすべて、いまや経済および軍事超大国となった元本国の国民になりたいと考えるわけではない。それを望まぬ人々の意思を無視した、強権的な「本国化」は、かたちを変えた植民地化でさえある。

日本はかつて中国に罪を犯した。そのことへの反省と謝罪は永遠に続くが、その国民や香港の市民がどのように扱われているかは、また別の問題である。それは国家の問題ではなく人間の問題なのだ。人権を軽んじ、法治主義を守らぬ国だということになれば、中国自身がいつかは袋小路に追い込まれる。世界にとっても惜しむべきことだ。

日本で教える大学には多くの中国人留学生がいる。いずれも良い学生だが、武漢市民のことも、香港の民主主義運動のことも、チベットやウイグル自治区のことも、授業の中で話すことはない。「自由に意見を言って下さい」と言っても、当人たちはそれほど自由ではないのだ。開かれよ、恐れずに……。とはいえ、学生を追い詰めることはできない。いつか胸襟《きょうきん》を開いて語り合える日が来るだろうか。

一度だけ講義の中で、日本についてこう独白したことがある。「日本は超大国ではないし、これからもならない。だがぼくは、日本が中堅国家であることを喜びに思う。超大国になって軍拡競争に励み、力づくの領土紛争をくり返し、激烈な貿易戦争をやっても、誰をも幸せにしないからだ」。学生たちがぼくの意図をくみ取ってくれたかどうかは分からない。

この地でも、かの地でも、いつかは心躍る時間のかたちが、そして失われた美しい表情が取り戻されるだろう。歴史の中で危機を担ってきた人々と同じように、自分のためにも人のためにも、信念に堅く立ち続けるほかかない。

茫々としてゐるやうで時間には
切れ目裂け目が、今がその時　（岡井隆）

シンシアのワルツ

２０２０年12月号

映画音楽があったころ

少し前、たぶん50年くらい前までは、映画音楽というジャンルが、クラシックとかジャズなどと並び、独自の分野として確立していた。『ウエスト・サイド・ストーリー』、『シェルブールの雨傘』、『サウンド・オブ・ミュージック』など、音楽を聴かせることが主目的のミュージカル映画ではなく、会話映画に付随する音楽である。

いまでもラジオなどから普通に聞こえるものだけ挙げても、『太陽がいっぱい』や『ドクトル・ジバゴ』（ララのテーマ）、『禁じられた遊び』や『エデンの東』など、多くの人が記憶している曲はいくつもある。

映画はあまり記憶されなかったのに曲だけはヒットし、あとあと残り続けたという例もあるから、映画音楽の独立性は高かったのだろう。たとえば『パペーテの夜明け』とか、『禁じられた恋の島』など。前者は『最後の楽園』という映画の主題曲だった。子供のころ、母と一緒に観た映画である。そのとき母が、この上なく幸せそうな表情を浮かべていた。だからいまでもこの曲が耳から離れずにいる。

近年はどうも事情が違うらしい。いまでも映画に音楽はついているから、電子音楽のようなものも含め、それなりに好かれる作品もあるのだろう。だが、映画を観ていない人にも知られるほどヒットする映画音楽など、どうもなさそうだ。実際、たまにラジオから現代映画の音楽が流れてきても、ぼくの心にはほとんど響かない。

真夜中の音楽

中学生のころ、深夜放送のテーマか何かでよく聴く、実に美しい音楽があった。木管とウインドチャイムの短い序奏のあと、弦楽オーケストラの高く澄んだ合奏に移り、途中からオーボエ独奏がしんみりと続く、短調の曲である。情緒的かもしれないが、そう言うならラフマニノフの音楽などはすべて同類になるだろう。何より、たとえ情緒的だとしても通俗的ではない。美しいものに対する人間の憧れをしっかりとらえる、やはりよい音楽だったと思う。

その曲のレコードを買うこともなく、誰のどういう曲なのかを調べることもないまま、いつしかラジオから流れなくなった。耳の底にしっかり残ってはいたが、これといって情報媒体もない時代。図書館にこもりきりで調べようとまで思わなかったのは、クラシック音楽より一段低く考えていたからかもしれない。

何年か経ったある日、その旋律が急によみがえってきた。ああ、あの美しい曲だ。それがどういう音楽であるか、今度こそ調べよう――。

まだコンピュータも普及しておらず、クリック一つでどんな情報でも飛び出してくる時代ではなかった。それをどうして調べたのか、記憶が定かではないのだが、音楽の種類と演奏者のおぼろげな記憶を頼りに、ようやく登場し始めた中古のレコード店をあさったのだろう。その曲を初めて聴いた、札幌の真夜中。脳裏に浮かぶこの美しさの源流を、何としても確かめたかった。

調べつくせば必ず何かは出てくる。小さな中古CD店だったろうか、もう著作権の切れた音楽を集めたような安物のCDがあった。いわばCDの「ぞっき本」である。その中に収められていたのだ。題名は『シンシアのワルツ』、演奏はパーシー・フェイス楽団。そういう美しい題の音楽であったか。感無量だった。

だが、それ以上調べようとしなかった自分の、研究者魂の足りなさを、いまさらのように思う。甘い香りの強いクラシックのようでもあるが、短かすぎる。どういうジャンルの音楽であり、そもそも作曲者は何という人なのか――。

ついに1冊の伝記が

ものごとを調べるのが仕事だから、本職に取りかかると他のことを調べているひまはない。この曲もまた棚上げになった。だが、何年か経って再び気になる。わずかなひまをつなぎ合わせて調べ、次第に分かってきた。

作曲者はノルベール・グランツベール（1910〜2001）。長いあいだフランスで暮らし、パリで亡くなっているため、名前もフランス語読みが普通に使われている。しかし、元はオーストリア＝ハンガリー（現ウクライナの地域）で生まれているから、本来は別の読み方であっただろう。青年時代はドイツで過ごし、ナチスの台頭に脅威を感じてフランスに逃れたユダヤ人である。

そして1953年制作といわれるこの曲も、その時期の英国映画の音楽だった。映画の題は『シンシアのための王子様』というそうだが、歴史のかなたに消えてしまい、いまだに映像は見つけていない。映画は消えたが、付随音楽のほうは（好きな人たちの記憶の中で）生き残った。

それにしても、グランツベールという作曲家も、まことに資料のない人物である。ようやく1冊だけ、アストリット・フライアイゼン著、『エディットのためのシャンソン―ノルベール・グランツベールの生涯』（2005）という伝記を見つけた。それをバーゼルの古書店で目にしたとき、どれほどうれしかったことか。

いわく付きの本ではあった。中を見ると「フィリップスブルク市立図書館」という蔵書印が押してあるのだ。まずいな、盗品をつかまされたか。返しに行こうかと思ったが、ためつすがめつ見つめたら、裏表紙の内側にかすれた印字で「廃棄処分」とあった。やれやれ、これで贓物《ぞうぶつ》（盗品）売買の罪を問われずに済む。

「私の小さなノーノ」

一つ手がかりを見つけると、さまざまなことが芋づる式に明らかになる。あの美しい『シンシアのワルツ』を作曲したグランツベール自身はほとんど記憶されず、伝記の書名にさえ、「エディット」という有名人の名前を添えてもらわなければならなかった。誰もが知っている、フランス・シャンソン界の巨星、エディット・ピアフである。

そういえば、と思い当たった。ピアフのヒット曲の一つ、『パダン・パダン』の作曲者は、たしかグランツベールという名だったような気がする。そのとおりで、フランスに逃亡したグランツベールは、ピアフと深い友情で結ばれ、彼女のための曲をいくつも作っていたのだ。

大学1年のとき、教授が学生たちに「君たちの勉強は断片的知識の非論理的蓄積だ」と言うのを聞き、苦笑した記憶がある。苦笑したが、この件に関する限り、ぼくの頭の中はまさにそのとおりだった。

シャンソンになじみのない方でも、やはりピアフが歌った『回転木馬』ならば多くがご存じだろう。日本ではなぜか子供の歌になり、少年少女合唱団などが歌っていたように思う。これもグランツベールの作曲。

ピアフの専属に近い作曲者だった。加えて、ほとんど彼女の恋人だったと言う人もいる。それ以上に大切なのは、第二次大戦中、ユダヤ人狩りの進むフランスで、ピアフがあらゆる手段でグランツベールをかくまったことだ。その人道的な行為があったからこそ、グランツベールは生き延び、戦後は彼女のために精魂かたむけて曲を書き続けた。ピアフは彼を「私の小さなノーノ」と呼んでいたという。

フライアイゼンの伝記で詳細に書かれているその経緯は、最近作られた映画『エディット・ピアフ～愛の讃歌』ではいっさい触れられていない。そもそもグランツベール自身が登場しないのだ。

ピアフの自伝（『わが人生』）にさえ、グランツベールへの言及はない。フランスのテレビ局が作った伝記ドキュメンタリー（２００３年）でも、ほぼすべての恋人が列挙されているのに、グランツベールだけは姿も名前も現れない。無数の恋人のうち、「その他大勢」の一人になってしまったのか。それとも、そもそも恋人説が誤りなのか。

ともあれ、巨星ピアフとほぼ一心同体だったグランツベールは、歴史の陰に埋もれた。彼の作ったピアフのためのシャンソンは生き残ったが、作った当人は「人知れず」の存在になったのだ。さらにまた、ピアフのための歌たちよりも美しい（とぼくは思う）『シンシアのワルツ』の作曲者であることも、ほとんどの人の記憶のかなたに消えた。フライアイゼンの詳細な伝記にも、曲名さえ出てこない。

消えるものと残るもの

閑話休題。

ミラン・クンデラ（1929〜）の『笑いと忘却の書』は、ほんとうに切れのよい短編集だ。わけても冒頭の1篇は、それだけで読み手の心をわしづかみにしてしまう。

1948年のプラハ。共産党独裁政府のお歴々が宮殿のバルコニーに立ち、平民たちの歓呼に応えている。雪が降ってきた。並ぶ幹部たちの一人、ゴットヴァルトの頭には毛が残っていない。気の毒に思った「同志」のクレメンティスが、自分の毛皮帽を彼の禿頭《とくとう》にのせてあげる。

数年後、クレメンティスは粛清され、彼の肖像もすべて消された。反逆者は存在しなかったことにせねばならない。彼は消えた。1948年のくだんの写真でも、彼の立っていた位置には白い壁があるだけ。しかし、消し忘れがあった。粛清されなかったゴットヴァルトの頭には、クレメンティスの毛皮帽がしっかり生き残っていたのである。

こういう小話はただの冗談ではない。そこに、権力者の思いのままにはなりきらぬ歴史と、無名の者たちのさりげない抵抗が暗示されているのだ。

思いのほか長く日本にとどまったため、かの有名なアベノマスクなるものがこの家にも送り届けられた。さいわい、予備のマスクが数枚あったので、どう見ても子供用のサイズとしか思われないマスクは必要としていない。どうぞ必要な方に、と政府に返送しようかと思ったが、少し考えて、この大きな愚策の記念に取っておくことにした。

当初は460億円、のちになぜか大幅に圧縮されて260億円に引き下げられた、税金のムダ遣いである。ほんとうに必要で、役に立った人たち・子供たちもいるかもしれない。それはそれでよいが、しまい込んだ人・捨ててしまった人・返却した人への分は、ただのムダ遣いだった。

その血税を、職を失った人への生活費支援、子ども食堂に行かなければきちんと食事をとれない子供たちへの援助、ボーナスも出なくなった医療関係者への補助などに使っていれば、どれほど有益だったろう。

この国はかつての共産主義国とは違うから、子供サイズのマスクを意固地に使い続けた権力者の写真が抹消されることはない。笑いの対象となったマスクも、それをばらまいた権力者も忘却されず、ともに映像の歴史に残る。それが残ることによって、誰かが幸せになるわけでもないが。

『ノエル、それは愛』

クリスマスが近い。フランス人ならばおそらく誰もが知っているクリスマスの歌がある。『ノエル、それは愛』という素朴で親しみやすい曲だ。ノエルはクリスマス。「御子がお生まれになった。おかあさまの歌声が聞こえる。それは愛と祈りの声」といった歌詞も、子供に温かい。

この曲も、作曲者はグランツベールだった。素朴だが心を洗う美しさをたたえている。基本的に子供の歌なのだろう。だが移調が効果的に使われ、大人の混声合唱にすると大人の鑑賞にも十分に耐える。

この曲でもまた、作曲者名はフランスでもほとんど記憶されていないようだ。誰もが覚えていないということは、しかし、その作品に価値がないということではない。誰かの心から離れていなければ、その作品には価値があるのだ。人間の価値についても、同じことが言えるだろう。

さあ、ノエルだ。コロナのさなかでも、この日のぬくもりは変わらない。

第4章 平和をあきらめない

何もない教室に、生徒たちの輝く瞳だけがある。室内にはヤクが一頭。
『ブータン 山の教室』

悲しみを担う人

2021年3月号

10年前

10年前の3月11日午後、ぼくは東京郊外の中学校で講演をしていた。中学での講演というのは珍しく、自分でも子供たちに分かりやすい話ができるとも思わないのだが、教員をしていた友人から是非にと口説き落とされて行ったのだった。

もう少しで3時、そろそろ終えなくてはいけないなと時計に目を落とした瞬間、会場の教室が大きくぐらりと揺れた。地震だ——心のなかに閃光が走り、とっさに友人と二人、机の下にもぐるようにと生徒たちに伝えた。クラス委員長らしき女子生徒が教卓に向かって走ってくる。飛びはねているパソコンを押さえようとしたらしい。責任感の強い生徒だ。いいから机の下に入りなさい、と大きな声で伝えたことを覚えている。

いったん揺れがおさまり、子供たちを机の下から出させたとたん、第2波が来た。今度は前よりもっと激しい。校庭に出るようにと校内アナウンスがあり、気をつけながら全員を外に出す。校庭の高い杉の木が、まるで台風に翻弄されるかのように大きく波打っていた。

小刻みに揺れの戻る校庭でしゃがみ続け、どうにかおさまった。生徒たちが順に集団で帰り始める。全員がいなくなったとき初めて、自分も帰宅しなければならないのだと思い出した。職員室のテレビが東北地方で大きな地震があったと伝え、画面いっぱいに濁流の光景が広がる。とんでもないことが起きたらしいと感じた。

どれほどとんでもないかはまだ分からない。ともあれ帰宅せねばならないと、友人と二人で最寄り駅まで歩き出した。駅まで行けば何とかなる——その思い違いの苦さをいまもありありと思い出す。駅の周辺は人間であふれ返り、電車もバスも止まっていた。ホテルもすでに満杯だった。

公衆電話も長蛇の列、携帯電話もほとんどつながらない。ようやく友人の家族と連絡がつき、車で迎えに来てくれることになった。すぐ近辺のお宅から到着するまで数時間、かろうじて開放してくれた雑居ビルのロビーで待つ。夜もだいぶ更けたころ、どうにか救出され、家まで更に数時間かけて送っていただいた。

ひときれのドーナツ

こういう非常時にはすぐに善意の人間が現れる。人混みをかき分けて雑居ビルにたどり着く前、チェーンのドーナツ屋さんが開いており、寒いのでそこに入ろうと決めた。しかし急きょ店じまいとやらで、ドアを閉じ始めている。にもかかわらず店員さんは、テーブルを店外に出し、ドーナツを並べ出した。商魂たくましいな——。そのとき店員さんが人波に向かって叫んだ。これから長時間の帰宅になりますから、お一人一つずつドーナツをお持ち下さい！

その温かさに、いま思い出しても胸が熱くなる。そのあと何年たってもぼくは、どこかにそのお店があると、必要もないドーナツを買い続けた。

友人の自家用車に乗り、大混雑の道を長時間かけて帰宅の途につく。ラジオのニュースでようやく状況を知った。寒さで体が凍えきり、車の暖房でひと息ついたが、それどころではない被災者が無数にいる。そのむごさを思い、車中の3人はすっかり押し黙ってしまった。

夜更けの東京郊外。渋滞する道の周辺には点々と住宅の灯りが見えるだけで、あとは何もない。家々の中の人々は、車内のわれわれより詳細な情報を目にしていただろう。だが静かだ。あのとき、東京もすべて言葉を失っていた。

車の座席からぼんやり夜空を眺めていたら、南の空を流れ星がひとつ、すうっと落ちていく。半分残っていたドーナツを手に、ぼくは永遠に尾を引きそうな光跡をじっと見ていた。悲劇とは遠く隔たった美しい光の筋。それがあの日の記憶になって、いまも脳裏を離れない。

そのころ、どれほど多くの人々がどれほどつらい思いをしていたか、全貌を知ったのは深々夜に帰宅してからである。そのあと一睡もできなかったことは、言うまでもない。

あの日から10年の歳月が過ぎた。苦しみと悲しみの時間として、それは十分以上に長いが、忘却のためにはあまりに短い。わたしたちはこのあともまだ、癒やしと復興の時間を共にしなければならないだろう。

悲しむ人

悲しみとその癒やしは、わたしたち人間の永遠の課題である。そのせいだろうか、「悲しんでいる人はさいわいである。彼らは慰められるだろう」という聖句を含む、マタイによる福音書第5章は、とりわけよく知られていると思う。

ところが、聖書のこの個所には不思議な点がある。いくつかの日本語訳をはじめとして、ほとんどの外国語版でも、そのように「悲しんでいる人は」という文章として伝えられているのだが、ルターの訳になるドイツ語版聖書では「悲しみを担う人はさいわいである」となっているのだ。

ギリシャ語は断片的にしか知らないので、原典との照合はできないのだが、ルター訳ドイツ語版がそういう意味になりうることだけは分かる。とすると、話ががらりと変わりはしないか。悲しみを担う人とは、悲しんでいる本人ではなく、人の悲しみを引き取って自分の悲しみとする人という意味にもなるからだ。さあ、大変。

そのことを教えてくれたのは、以前にも紹介したことのある（『婦人之友』２０１９年1月号）、ディートリヒ・ボンヘッファー牧師である（『主のよき力に守られて』邦訳＝新教出版社）。そこでは、直接に「他人の悲しみを担う」とは言わず、「この世の幸福を拒否して生きる」といった意味で語られている。いずれにせよ、望まぬことが降りかかって悲しむのではなく、みずから進んで負った悲しみという意味ではある。

何のためにそういうことをするのか、理由は明らかだろう。イエス・キリストが十字架においてあらゆる悲しみを担ったのだから、その人に服従する人間たち（とくに弟子たち）も悲しみを担うべきだ、という意味なのだ。

そうすると今度は、第5章で並べられた8種類の「さいわいな」人とは、ある部分ではイエスの弟子たちで、ある部分では人間全般なのか、という問題が起きる。そういうことを言うと、学者みたいな訳の分からない話をして……、と嫌われそうだから、今日はやめておこう。

大事なことは、「十字架へのあこがれ」（ハマーショルド）を抱く人の中には、自分のものではない悲しみを負う人がいる、ということである。だから、悲しんでいる人は一人ぼっちではない。その悲しみを共に負う人が常にいるのだ。イエスの弟子たちだけではない。ふつうの人々の中にも少なからずいて、そういう存在がこの世の闇を照らしている。

この10年間もまた、被災者や家族が悲しみと苦しみに耐えるかたわらで、その悲しみをわが事として負った人々が数多くいた。そうして「互いに愛し合って」乗り切ってきた10年だったのではないか。

10年前

あのむごい日々から10年経ち、被災地も日本全体も、いや世界全体が新型コロナの脅威にさらされている。10年前の悲しみが終わっていない地域では二重の悲しみになるが、これほどの脅威が広がると、いつもなら被災者の悲しみを負っていたであろう人も、自分のことで精一杯になり、他人のことまで気遣ってはいられなくなる。それがこういう事態の何よりつらい点だ。

だが自分自身がウイルスに敗れぬ限り、恐怖に黙らされずに、他者の苦しみや悲しみを担いたいと思う。それは何らかのかたちで可能なはずだ。たとえば、寒空の下でのたったひときれのドーナツのように。

ボンヘッファーの代表作の一つ、『抵抗と信従』（邦訳＝新教出版社）の巻頭に、『10年後』と題する論考が置かれている。ヒトラーが政権を取った年（１９３３年）から10年後という意味である。ヒトラー暗殺計画に加担した罪で逮捕される、少し前に書かれた評論だ。

彼は言う。10年は十分に長い期間で、わたしたちは時間を空費したのではないかと不安になる。しかし過ぎ去った年月はそのようなものではなかった。その間《かん》にさまざまな認識や経験を積んだのだし、けっして空費したのではないのだ——。1933年からのドイツにおける10年間もそうだったし、2011年からの日本における10年間もそうだった。ある人々が悲しみ、他の人々がその悲しみを担って結びつながれ、だれもが多くを獲得し、学んだのだ。

むろん、同じ10年でもそれぞれに違いはある。日本のそれは、地震も津波もおさまった後まで続く悲しみや苦しみだった。ドイツのそれは政治の暴虐が日に日に高まるそれだった。日本でもこの10年、被災者の悲しみを知らぬげに政治の劣化が進んだが、他者の悲しみを担う人は途切れずに続いている。それに対してナチス・ドイツの10年は、暴虐の高まりの中で悲しみを担う人が減り、逆に狡猾で不誠実になる人が増える期間になった。

それでもボンヘッファーのような人は、そういう時間を空費などしない。『10年後』では、悪や愚かさがはびこる中、その本質を冷徹に見すえている。とくに愚かさ、つまり悪に服従して自分の頭で考える能力を失うことについては手きびしく、そういう者たちを説得しようとしても無駄だから断念したほうがよい、とさえ述べている。粘り強いこの人にしては珍しいことだ。（『10年後』のすぐれた解説として、宮田光雄著『ボンヘッファー』岩波現代文庫、第5章をお薦めしたい）。

みんな、ありがとう

愚かな人のことは脇に置いて、悲しみを担う人に話を戻そう。前者はわたしたちの時間を空費させるだけだが、後者は明らかに人を励まし、時間を充実させてくれる。

少し前になるが、『遊雲《ゆううん》さん　父さん』という本に感心させられたことがあった（有国智光《ちこう》著、本願寺出版社、２００８年）。12歳で小児がんを発症し、山口県の故郷から離れた東京で治療をうけ、15歳で亡くなった有国遊雲さんの父、智光さんがお書きになった本である。

療養中からホームページで連載していた手記に、亡くなったあとの思いが書き加えられた。お名前から想像できると思うが、僧籍にある父子である。遊雲さんは、最終的にユーイング肉腫と判定された、きわめて困難な病気にしっかり向き合い、そして（おそらく）淡々と逝った。父の智光さんは息子を愛し、回復を願ってあらゆる手段をつくし、同時に僧侶として息子が向かっている死を見つめ続けた。

その筆致は冷静そのものだ。死がたんなる消滅でなく、「浄土におもむく」ことだという信仰を突きつめて考えている。ではあれ、愛情深い父親であることに変わりはなく、しばしば心は乱れた。当然である。いかにすぐれた宗教者とはいえ、生から死に向かうのが最愛の息子であることを完全に忘れられるはずはない。だがそのつど智光さんは、息子の遊雲さんがつとめて平静に、「ただ生きている」姿を見て励まされ、われを取り戻すのだ。

これは、わたしたちの生死が、おそらく生のすべてが、自分の思うがままでないことを語る書物である。そして、自分を超えたものに従うことが人間に平安をもたらす、と教えている。父親がその知を実践し、息子もまたそれを受け継ごうとした。それによりこの人たちも、宗教の違いを超えて、「悲しみを担う」人たちになっていたのだと思う。

最後の夜、遊雲さんは、意識が少し戻ったときにこう言ったという。「もういいよ、母さん、ありがとう。みんなにもありがとうって言ってね」。そして言う。「ぼくはもういきます」。数時間後の早朝、静かに心停止した。

故郷に帰った棺《ひつぎ》は、中学校の同級生たちの手で霊柩車まで運ばれたという。3カ月後、通っていた（ほとんど通えなかった）中学校の卒業式があり、もういない遊雲さんの名前も呼ばれた。同級生たちが声をそろえて、「はい！」と返事をした。

多くの悲しみがあり、その悲しみを担う人がいて、10年が過ぎた。それは空っぽの10年ではなく、何が最も大切であるかを教える、貴重な10年だったとあらためて思う。

最後の砦

2021年5月号

マグノリアの街

バーゼルはマグノリアの街だ。日本語では木蓮とか辛夷《こぶし》という名になるが、あの街にはマグノリアという、微かにはなやかな呼び名が似合う。街をしばっていた寒気がゆるみ春風がただよい始めると、この花があちこちで開き、バーゼルの人々は、またひとつ厳しさを乗り切ったと安堵するのだ。

日本の木より背が高いから、満開になると青空が遠くまであの白さに染め上げられる。ある日、通勤の途中でわれを忘れて真っ白な空を眺めていたら、そばを通りかかった人が、きれいですね、と言葉を残していった。ええ、ほんとうに。しばらくするとまたひとり。きれいですね。ええ、ほんとうに。こうして見知らぬ者の間で、短い単純な言葉が人生を彩る。

東京でもその花が咲くころ、家の中で毎年、ふしぎに1匹の小さな蛾が姿をあらわすようになった。ほんとうに小さく、2ミリか3ミリ程度だろう。もう数年になる。いつも見た目が一緒なため、最初のうちは同じ蛾なのだろうと思っていた。他の季節は家の中のどこかに隠れ、この季節になると出てくるのだろう――。だが調べると、寿命が長い虫ではない。どうやら、毎年1匹だけ、どこかで孵化して挨拶に来るようだ。

別に悪さはしないし、不潔でもないようだから、捕まえたりせずに放っておく。それどころか、よちよち飛ぶ姿を眺めていると妙にいとおしくなる。

それにしても律儀なものだ。前に会ったのはコロナ禍が始まった時分だった。この1年間に世界は一変したが、この小さな虫にそんなことは無関係なのだろう。この家に、戻るべき時に戻って来るだけだ。

不条理な閉塞感

蛾もウイルスも自然の営みを定めどおりにやっているに過ぎず、人間だけがあちこちで自然の摂理とは違うことをやっている。だから、ウイルスのように、自然の営みだけれど悪さをするものに直面すると、とてつもない努力をしなければならなくなる。医療や生活の最前線で働く方たちはまさしく「闘い」をくり広げているが、ぼくを含め、その恩恵に浴しながら事態の収束を待つだけの人間は、再び自然の営みと波長が合う時を待つしかない。

その中で、もうこんな話はするのもいやなのだが、この国では高級官僚や国会議員が企業から高額接待を受けていたという恥ずべき行為が伝えられる。他方で、首相あるいは彼に「忖度」

する高級官僚が不正をした疑いの濃い事件において、その責任を一身に受けて苦しみ、自死した実直な財務省職員が残した詳細なメモを、遺族がいくら公開請求しても出そうともしない。海外に目を転じても、希望の持てないことだらけだ。軍が暴力で政権を奪い取って一般市民を殺害までするミャンマーや、香港の民主主義をあっという間に破壊してしまった中国などなど。いったい何を信じ、何に頼ればよいのか、それが見えない政治ほど始末に負えないものはない。

問題はそこにある。人間の世界には不正もあれば悪もあるが、それでも絶望せずに済むのは、それらを正す最後の砦がどこかに必ずあればこそである。民主主義とは、つまるところ、そういう希望がある状態を指す。選挙権が保障されているかどうかではない。社会において暴力でものごとが決められないこと、究極的に不正を正す仕組みが備わっていること。それこそが民主主義の根幹なのだ。

日本でも世界でも、重苦しい閉塞感に満ちているのは、最後の砦が見えないことが大きな原因なのではないか。その意味での「希望」のありかが不確かになっているからではないか。

正義はどこに

ドイツ映画、『コリーニ事件』（2019年）はとてもよくできた作品だ。現代ドイツにおける殺人事件が素材だが、その背景に、過去のナチス・ドイツによるイタリアでの市民虐殺事件がある。日本での分類は「サスペンス」とかであるらしい。しかしその要点はドイツの清算すべき歴史であり、映画のタイプとしては法廷ドラマであって、その二つの要素こそがこの映画を上等なものにしている。

舞台は現代のベルリン。イタリア人の老人・コリーニがドイツ人の富豪・マイヤーを惨殺する。自首した犯人の国選弁護人に新米弁護士のライネンがつけられた。しかしコリーニは、ライネンの聴き取りに対してもいっさい口を開こうとしない。弁護のための材料を何ひとつ持たないライネンの苦境をよそに、裁判は被害者側の有利に進む。

だが、ある時から事態は予期せぬ方向に展開し始めた。頑として口を割らないコリーニの背後に、歴史的な事情があるのではないかと感づいたライネンが、コリーニの生まれ故郷へと調査におもむき、衝撃の事実を発見するのだ。

第二次世界大戦末期、ドイツの攻撃を受けていたイタリアでは、少なからぬ数の国民が抵抗運動（パルチザン）に加わっていた。その人々が活動するとナチスが報復し、一般市民を殺害する。ナチスの兵士がひとり殺害されるたびに10人、あるいは20人という具合に。実際に行われていたことだが、コリーニの父親も、3歳のコリーニの目の前で射殺されていた。殺害命令を出したのがマイヤーだった。

要するに、復讐劇である。それだけならば、さしたる感動は生み出さないかもしれない。しかしこのドラマは、復讐を遂げるまでの間にドイツの不正な法律がいかに妨げになったか、それを明るみに出すために裁判での弁論がどれほど役に立ったか、それをみごとに描き出す。

戦争責任の克服において優等生とされるドイツだが、事実はそれほど単純ではなかった。ナチス関係者がかなり政府部内に残ったし、元ナチを保護するような法制度も存在した。このドラマの背後にも、ナチスなどの罪を早々と時効にしてしまった法律がある。

コリーニはかつて、マイヤーの残虐行為をドイツの裁判所に訴えていた。しかし、時効を理由にマイヤーの罪は不問に付された。被害者マイヤー側の辣腕弁護士は、その一件もタテにとって公判を有利に進める。このときのシーンがいい。ライネンに対してコリーニは、さめざめと泣きながら、法はどこにあるのか、正義とは何か、と訴えるのだ。

そこからライネンの並々ならぬ挽回努力が始まる。ナチスの犯罪の時効を前倒しにした法のからくりを暴き出し、国際法の新解釈を持ち出して、形勢を一挙に変えていく。

希望に向き合う

これから先は、映画評のルールに従って、明らかにせずにおこう。だが、弁論が重ねられ、物語の輪郭がゆっくりと浮かび上がる過程は、その迫力において出色の出来だ。自分が法律家のはしくれだから勘が働くということはあるが、弁論が進み、ひとつの殺人事件の背後にある歴史と、それに翻弄される人間の悲しみとがかたちを現すにつれ、涙がとまらなくなった。

そして結審の日。物語は裁判の勝負を語らない。そのかわり、裁判長の口から出る衝撃の結末。みごとな幕切れだが、映画はその前に、コリーニが裁判の結末に、というより法が担保する正義に、希望を見出して心の安らぎを取り戻す様子を描いている。正義が最後には貫かれるという希望がありさえすれば、人間は何とか苦しみに耐えられる。

これが、この映画がすぐれていると言う理由だ。法廷での弁論がことの真相を次第に明らかにしていくことに加え、人間の、希望を求める心情に映画自身が正面から向き合おうとしているのである。

法廷ドラマはどう作ってもおもしろくなる、という映画解説を読んだことがあるが、けっしてそうではない。人間の、希望への激しく切ない思いに目が向いているかどうかで、法廷ドラマとして秀逸になったり、ならなかったりするのだ。

たとえば、『コリーニ事件』と同じころに制作された、『私は確信する』というフランス映画がある。日本では今年公開され、法廷ドラマとして話題を呼んだようだが、ぼくの趣味には少し合わなかった。

妻を殺害した容疑でひとりの男が裁判にかけられる。それが冤罪ではないかと疑った女性が、被告の弁護士の助手もどきになり、謎解きに挑戦するという物語。証拠の電話録音を次々と聴きまくり、検察や証人の言い分に矛盾がないかどうかを執拗に追いかける。

おそらく、サスペンス映画としては上出来と言ってよい。最終盤で弁護士の見事な弁論もあるから、法廷ドラマの要素も確かにある。しかし、主人公の女性の謎解き大立ち回りの印象が強すぎて、法廷ドラマとしての見どころが薄められてしまった。

それ以上に、『コリーニ事件』と比べて、希望を奪われ、最後の砦を求めてあがく人間の切なさが伝わってこない。それは被告本人が映画の主役でないこととも関係がある。弁護士の助手を志願した女性ががんばり抜くし、それは彼女の正義感ではあるが、それ以上ではないのだ。これは、法廷ドラマとは別物として味わうべき作品なのだろう。

ちなみに、コリーニを演じた役者は、フランコ・ネロである。かなり前にイタリア製のウエスタン映画（「マカロニ・ウエスタン」）で人気を博した役者だった。

マカロニ・ウエスタンというのも何だか際物《きわもの》のたぐいに思われたが、十分に年老いたフランコ・ネロの、いかに味わいに満ちていることか。70年近くも悲しみのうちに生き、いまや本懐を遂げたが、その対価を払うべく何ひとつ語らない。にもかかわらず、父を殺した人間こそが法と正義に反していたと認めさせる、という希望を断たれようとするときに、その希望がつながれる。セリフが少なく、表情や背中でする演技が大部分なのに、なんと多くが表現されているだろう。年をとるということは素敵なことだ。

マグノリアの散るころに

ドイツの法廷ドラマは一体によくできている。かつての作品から挙げるなら、たとえば『朗読者』。『コリーニ事件』と同じく原作者は弁護士かつ作家で、そもそもは原作の小説がベストセラーになり映画化される、という経緯だった。

『朗読者』も無類のおもしろさで、やはりナチスの蛮行を下敷きにしている。高校生の男子を愛人にした中年の女性が、あなたの声が好きだと言って、逢い引きのたびに本の朗読を求めるという話。なぜそんなことをするのか、物語のあちこちにヒントが散りばめられ、勘のよい人ならば途中で感づくはずだが、圧巻はやはり法廷での弁論と審理。そこで、あっと驚く歴史の真実が明らかにされる。

この作品は、しかし、映画（邦題『愛を読むひと』）になったときに失望した。戦後まもなくのドイツの、しかも十分に教育を受ける機会がなかった女性の話なのに、映画はすべて英語で作られているのだ。ドイツ語では興行的に不利との判断からだったのだろう。よくあることではあるのだが、ここはやはり原語にこだわってほしかった。言葉は文化なのであって、たとえば光源氏や藤壺の宮がすべてフランス語で会話していたら、やはり奇妙であるに違いない。

*

コロナに邪魔されてバーゼルに長いこと帰れず、マグノリアを味わえずにいるうちに、東京でも辛夷が咲き、散っていった。そんなある日、車で出かけると横断歩道を保育園の子供たちが渡っている。その前でぼくは車を止めた。子供たちは、先生に教えられたとおり、片手をあげて元気よく渡っていく。

しかし、最後尾を歩いていた女の子だけ、じっと車を見つめて、なかなか足が進まない。ついに車の前で足が止まる。なんとまた用心深い子なのだろうと、少しあきれた。

ところがその子は、運転席のぼくをしっかり見つめて、こちらを向き、ぺこりとお辞儀をしたのだ。どうしてもありがとうと言いたくて、それをどのタイミングで伝えるか、見計らっていたのだろう。手を振るとその子は、はじけるような笑顔を残して、小走りに横断歩道を渡っていった。

ヒマラヤ山麓の幸せ

２０２１年６月号

若者たち

東京で桜が散り始めたころ、俳優の田中邦衛さんの訃報が伝えられてきた。容貌も演技も個性の際立っていた人で、後世に残る出演作品が多い。その個性に惹かれたファンも多かったことだろう。

ぼく個人は、よく知られた『北の国から』の１シーンに強烈な印象が残っている。貧しい生活に耐えつつも、いかにも情けない父親の役だった。息子が北海道でのみじめな生活から逃れ、東京に出ることを決める。田中さん演ずる父親はそれに反対だが、最後は認め、長距離トラックの運転手に頼んで東京まで相乗りさせてもらう手配をした。

トラックに乗り込んだ息子に、運転手が１万円札を差し出す。「取っとけ。おまえの親父が工面した乗車賃だ」、と無骨な運転手が言う。見るとお札には泥が点々とついている。稼ぎの少ない父親がやっとの思いで作った、貴重なお金だった。父親を振り切って出てきた息子は涙にくれる。

このシーンに父親はいない。しかし、泥のついた大枚1万円をかき集めたのがどういう父親であるか、その残像が画面いっぱいに漂う。だからこそ、このシーンが感動に満ちたものになるのだ。最大の功績はそれを描いた脚本家（倉本聰氏）にあるだろう。しかし、シーンの陰にいる父親役が田中邦衛さんだったからこそ、この場面が効果を発揮した。情けなく、頼りなく、しかし誠実さと愛にあふれた父親――観る者は胸をしめつけられる。

印象に残る作品が多いが、ぼくの胸には1967年の映画『若者たち』が去来した。田中さんが長男・佐藤太郎役で、その下に3人の弟と1人の妹が、貧しい中で身を寄せ合って暮らしている。それぞれに職場の問題、結婚や進学の問題を抱え、考えが違って時に取っ組み合いの大げんか。深い信頼と愛があればこそのけんかである。そして5人が5人とも、ただ一筋にひたむきだ。

心に残るシーンがひとつ。太郎が会社の上司宅で新年のおもてなしを受けている。話題が「春はもう近い」という話になったとき、太郎がしみじみ言うのだ。春といえば自分にとっては何より「暖かくなること」であり、おっ母さんの手のあかぎれが消え、弟と妹が寒い思いをしなくなることだった――。極貧を経験した人なればこその感慨だ。

ほんとうに変わったか

この映画には1967年当時の日本、あるいは東京の庶民生活がよく描かれている。日本も東京もまだ物質的には貧しく、この5人兄弟並みに貧しい人々も珍しくなかった。そこから一人ひとりがどう這い上がるか、あるいは社会構造を変えようと志すか、誰もが選択を迫られていて、5人もそれぞれ別の考えを持ったままで映画は終わる。

あれから半世紀以上過ぎ、日本の国も全体的には物質的に豊かになった。しかし、学歴社会は強固に残り、それに連なる社会的格差も消えず、さらには民族的少数者や性的少数者に対する差別意識はさらに強まる。経済的にも、国全体としてはかなりの発展を遂げたが、近年はとくに、所得格差が広がりつつある。だから、まだ問いが残っているのだ。『若者たち』の時代と比べて、今の時代はほんとうに変わったのか？

とても単純化した言い方をするなら、根本的には変わっていない、と言えるように思う。とくに経済的な格差についてである。全体的には底上げが進んだかもしれないが、格差はいつまでも残り、いくつかの点では悪化してさえいる。ホームレスのように衣食住にも事欠く人が増えたり、養育費が高いからと子供を持つことをあきらめる人が増えたり、社会の基本が崩れつつあるではないか。

個人の困難がいつまでも残るということは、社会の仕組みそのものに問題があるということである。経済に即して言うなら、資本主義の問題。生産し、売買し、余剰を蓄えて投資し、さらに利潤を得て……という仕組みは、必ずどこかで「負け組」を生み出す。損失をこうむる人々である。自由な経済競争は社会の活力の源泉でもあるから、それ自体は否定しない。だが、勝ち組が利得をほとんどすべて獲得し、負け組がほとんどすべてを失ったままでいるような社会は全体として不幸だし、不安定である。

マルクスの『資本論』が再び注目されていると聞いた。共産主義に希望を見出すかどうかは別として、この本は資本主義の構造的な問題点をえぐったものである。だから、その問題点を理解したいと考えた人が多いのなら、まことに自然なことだと思う。そして、ひとまずの処方箋も明らかである。つまり、いやおうなしに格差を生むのなら、それを是正する安定した仕組みを確立しなければならない。

他方で、『若者たち』はたんに資本主義の病弊を描くのではなく、もうひとつの「真理」を描くものでもあった。人間を結びつなぐ、愛と共感がもたらすものの大きさである。この場合は5人の兄妹弟だが、家族に限定する必要はない。人間同士の愛と共感が、社会制度としての資本主義に押しつぶされぬための、確かな足場になっているのだ。

資本主義という仕組みが必ず問題を生み出すのなら、それに対して常に抵抗力になりうる人間的結びつきがあることは、大きな支えである。むろん、害悪を生み出す社会制度自体は、できる限り除去しなければならない。だが同時に、痛みを負った者同士の支え合いに加え、痛みを防ぐための支え合いが大切なのだ。

この半世紀間、変わらずに残った制度上の問題がある。同時に、それと対照的に、深刻に変わったものもあるように思う。ある時期まであった、人間的な結びつきと支え合いである。それが、着実に弱まり続けたのではないか。

山の教室

日本人を含め、わたしたち人類が「近代化」するにつれて、また「近代化」が「資本主義化」を意味するのに応じて、わたしたちの歴史は次々と何かを失う過程をたどってきた。むろん、得たものもある。だが、得たもののかなりの部分は、本当に得なければならないものだったかどうか分からない。それに対し失ったものは、それを失うと人間の生きる姿勢まで変えてしまうものが多かったように思う。

『若者たち』の5人も、急速に資本主義化されて「豊かに（金持ちに）」なっていく日本の社会で、兄妹弟が人間らしさを保って生きようとする物語だったが、「これでうまくいく」という結論ではなかった。半世紀以上経ってこのすぐれた映画を観ると、「5人はひたむきだったが、社会のほうは……」というメッセージが浮き上がるのだ。

そんな感慨に沈んでいるとき、きわめて素朴に深い問いかけをしてくる映画に出会った。『ブータン　山の教室』（２０１９年）という作品である。ちょうど日本で人間の酷薄さを感じることがあったせいもあり、魂の洗われる思いがした。

人口72万人で、九州とほぼ同じくらいの面積の国。物質的には、首都の一部を除けば「貧しい」と言ってよい国だが、２００５年に行われた国勢調査で国民の97パーセントが「幸せ」と回答して、一躍世界の注目を浴びるようになった。

その国の細かいことは何も知らなかったが、この映画を観ると、97パーセントの国民がたんに無知でそう答えたのではないことが実感できる。この人たちは幸せなのだ。

都市部に住む、やる気のない青年教員が主人公。オーストラリアに移住して歌手になることを夢見ている。それが「まじめに働け」という政府の命令で、現地の人々が「世界一の僻地」と言う、山上の（「山奥の」では表現が足りない）小学校に赴任する。

都市から1週間もかけて現地に着いた、不満タラタラの青年教師を待ち受けていたのは、村をあげて歓迎する56人の村民たち、とくに子供たちだった。先生の到着を待ちわび、授業の始まりに目を輝かせて期待している。黒板もなければ、紙も鉛筆もない「教室」。そこで子供たちは、「学校で学べる」だけで幸せ、という至福を味わうのだ。

電気も自動車もなく、ケータイやインターネットなど、何も見たことのなかった子供たち。すべて現地で選ばれた、この子供たちの何とひたむきなことだろう。こんなにも学びたいという意欲を、そして授業への輝く瞳を、少なくとも日本の大学ではあまり見ることがない。

物語は型どおりに進む。次第にとけこむ教師。高度4800メートルの高地の、言葉にならぬほどの美しさ。だがその高地が冬になると、僻地で人は暮らしていけない。学校も閉鎖になり、新米教師も都市部に戻る。到着した日と同じく、総出で見送る子供たち、村人たち。もう何もいらない。魂と魂の結びつきさえあれば。

失い続けるもの

ブータン映画を観るのは初めてだった。そもそも数多く作られていないせいもある。だが、ヨーロッパ映画ならいやというほど観ているのにと、われながらその落差に驚かずにいられなかった。

初めて観たブータン映画が心に残したものは、一途に鮮烈である。電気はなきに等しく、したがって電気器具もない。トイレットペーパーもなく（代わりに葉っぱを使う）、靴もない人もいる。自動車に至っては、そういう言葉自体を知らない人が多い。

先進国の目線で言うなら、ひと言、「貧しい」ということになるのだろう。しかし、そこに暮らす人々は、自分たちが貧しいという意識を持っているだろうか。おそらくそうではないだろう。住む家や食べものや着るものにも事欠くならばともかく、それらはそこそこに確保されている。その状態を「貧しい」と思うかどうかは他人との比較によるのであって、比較の対象がなければ金持ちも貧しいもない。

この人たちも、テレビや映画やインターネットで「豊かな」生活ぶりを知り、世の中には豪邸や高級自動車というものがあり、グルメざんまい・高級衣料ざんまいの生活をする人がいる現実を知ったなら、その「豊かさ」のほうがよいことなのだ、と考えるかもしれない。お金でそのすべてが手に入るなら、より多くお金を稼ぐことがよいことだと信ずるに至るかもしれない。

だが、どれも人間らしい生活のために不可欠ではないものばかりだ。モノや技術やお金のうち真に必要なのは、生きるために必要な食糧を人々に行き渡らせる手段と、肉体的・精神的な苦痛を取り除くための手段だけである。そういう「開発」はあるべきだが、それ以外はおおむね不要だし、そのために利潤争奪戦をやるべきものではない。

「近代化」が進み、資本主義も効果的に制御されぬまま行進し続けた。その結果、人類は、得なくともよいものまで獲得し、失ってはならないものを失い続けたのではないだろうか。

ヤクに捧げる歌

ブータンでも「近代化」の波は避けがたく、映画の主人公のように、先進国移住を目ざす若者が増えているという。そうして人類は、すべての人々に物質文明と機械文明が行き渡るまで、こういう「開発」を推し進め、そこで新たな争いを生み出す宿命なのだろうか。

『山の教室』は、ひとまずそういう流れから取り残され、それゆえに「幸せ」でもある人々の話である。「先進」国民が得たものを得ずにきたが、失ったものを失わずにきた人々の、豊かな教えの物語である。先進国民がその地点に戻ろうと言っても、もはや不可能だろう。だがこの物語は、これ以上大切なものを失わぬようにするための手引きにはなる。何よりも、精神的な豊かさを守ることについて。

ヒマラヤ山脈をのぞむ高地の平原が果てしなく伸びやかで、見る者の目を奪う。少し丘を登ると、悠々たる雲が目の下を流れる。その中で人々は、唯一の財産であるヤク（牛の仲間）を大事にし、そこから生活の糧をすべて引き出し、ヤクへの愛と敬意を守り抜いて生きている。

食糧や燃料としてだけでなく、『ヤクに捧げる歌』という共有財産のような歌まである。仏教思想もこめたこの歌が、村人たちの精神的な紐帯《ちゅうたい》なのだ。生きる上で何が最も大切か、それを理解して歌う村人たち。なんと美しいのだろう。

それでも地球は動く

2021年7月号

ソウルの裁判官たち

今年1月、ソウルの中央地方裁判所で、いわゆる「従軍慰安婦」への賠償に関する判決が出て話題を呼んだ。原告である被害者（元「慰安婦」）に対し、日本政府が賠償を払うべしとするもので、日本政府に衝撃を与えた。加えて、3カ月後の4月、同じ裁判所が別の事件で原告（別の元「慰安婦」）の請求をしりぞける判決を下したため、さらに話題になったものである。

ここで最初に、「同じ裁判所なのに同種の問題を扱う事件で正反対の判決を出すのはおかしい、韓国の裁判制度は一貫性を保つことさえできないのではないか」、といった疑念を言い放って済ますのはやめよう。二つの裁判で裁判官は違っていたし、違う二つの法廷が違う判決を出すことはありうることだからだ。

また、二つの判決はそれぞれ政府（文在寅政権）の意向に左右され、「忖度」判決を出したのだろう、といったあやふやな推測をするのも慎んでおこう。そうかもしれないし、そうでないかもしれないが、いずれにせよこれらの裁判がむずかしい論点を含んでいて、誰が裁判をしても異なる結論に達することは大いにありえたからだ。

1月の判決を知った時、ぼく自身は少し驚いた。結論がどうであれ、国際法の観点からはずいぶん大胆な判断を示すものだったからだ。そう考える上の要点が二つある。

一つは「主権免除」という国際法上の原則で、主権国家は他国の裁判権に服さない、というもの。この場合で言うと、日本国は韓国の裁判所で被告にされることはない、という意味になる。

もう一つは「強行規範」というもので、最も大切な価値を守るための国際法規は、他のいかなる法規をもってしても破ることができない、という国際法上の原則である。たとえば、最も根本的な人権（生命に対する権利など）を侵害した国に対しては、他国での裁判からの免除という法規を当てはめることはできない、という議論になる。

1月8日の判決は、二番目の原則を使って日本国の責任を認めた。逆に4月21日の判決は、一番目の原則を使って、日本政府を裁くことはできないと結論づけた。

国際法は不確か

この二つの判決は国際的にも関心を呼び、国際法学者のあいだで論議が起きている。結論から言うと、どちらの判決が正しいか、簡単には結論の出ない難問なのだ。

各国の裁判所や国際裁判所（国際司法裁判所など）も判決が分かれている。イタリアのいくつかの裁判所は、第二次大戦中にドイツがイタリア市民に加えた残虐行為などにつき、主権免除は認められないという「強行規範優位」の考えを示した。逆に国際司法裁判所は、２０１２年、ドイツ対イタリアの同種の問題を扱った事件において、イタリアはドイツの主権免除を認めなければならないという、「主権免除優位」の考えを示している。

要するに、はっきりしていないのですか、とおっしゃるだろう。そのとおり、どちらの考え方（解釈）が正しいか、実は国際法上はっきりしていないのだ。国際法学者もそれぞれ自分の考えを述べているだけ。韓国の裁判官もそれぞれ自分の解釈を述べてもよいことになる。

もっと言うなら、「主権免除」や「強行規範」が国際法の原則だと言っても、ほんとうにそうなのか、いつ・誰がそう決めたのか、実ははっきりしていない。日本政府などは「主権免除が確立した国際慣習法だ」と言うかもしれないが、その証拠は十分ではないし、反対の慣行もある。逆に、１月８日のソウル中央地裁は「強行規範は確立した国際法規範だ」と言うかもしれないが、何が「強行規範」であるかはまだ不明だし、それが「主権免除」よりも強い規範だと言えるかどうかも確かではない。

国際法学者かどうかは別にしても、わたしたちに分かっていることは、「何が国際法か」ではなく、「何が克服されるべきことか」である。日本国・日本軍が朝鮮半島ほかの地域でこのような人権侵害を行なったことは確かだし（確かでないなら国の名誉にかけて事実調査をすべきである）、であるなら、苦しみを負わされた人々に心から謝罪し赦しを請わねばならない、ということである。

日本政府、あるいは政府が関与した団体（「アジア女性基金」など）が、それなりに解決の努力をしてきたにもかかわらず、何度も不満が噴き出し、今年の二度の裁判にもなる事態が続く。おそらく、加害者の側が、被害者の求める何かに応えきれていないのだろう。だとすればそれをもう一度じっくり聞き出すほかない。それをないがしろにして「とにかく一手」をくり出しても、問題は残るままだ。

世界の成り立ちも不確か

世界は謎に満ちている、とあらためて思う。自分の足元の国際法というものさえ、実は多くの国際法学者が自信ありげにうそぶくほど明瞭ではないのだ。見下して言うのではない。この歳になって初めて、いままで明瞭だと信じて勉強してきたことが、実はさっぱり明瞭ではないということに気づき、その謎の多さ、現実の複雑さを面白いと感じるようになったのだ。

たとえば、いましがた見た、「国際慣習法」。国々のあいだで長期間おこなわれて来たことは、「条約」のような成文法になっていなくても「国際法」になる、という理論である。何でも条約にできるわけではない国際社会において、ある意味では不可欠な、便利な「法」である。しかし、この理論は、どこかでおかしくはないか。

「長期間おこなわれてきた」と言うが、たとえばそれが200年前からだったとすると、その時点で存在していなかった国々（まだ「国家」でなかった人間集団）にとって、それはどのように慣習法になりうるのか？

おそらく、その「慣行」が始まった時から存在していた、「老舗」の「大国」こそが法を作ってきたのであり、後発の国々はすでにある「法」に従うしかない、ということになるのだろう。これはすなわち、植民地さえも大量に獲得できた欧米を中心とする主義（欧米中心主義）となる。これはいつか批判にさらされざるを得ない。

こうして、存在しない時間が作られる。逆にまた、たとえば元「慰安婦」の方たちに関連して、日本軍の行なった行為は罪かもしれないが、法的には「昔に過ぎる」という見解が、外国からも聞こえてきた。それが国際法の考え方かもしれないが、被害者にとって、被害に遭った時から時間は過ぎ去っていない。あり続けた時間が存在しないことにされてしまう。それを「昔のことだから」と言われても、「わたしの痛みはいまあるのだ」と言い返さずにはいられないだろう。国際法が今後、より確かな法になろうとするなら、このような痛みや悲しみに対する感性をあらわす、人間的な法になることを目ざさねばならない。

時間について、いま一度

世界の成り立ちが不確かだという点に目覚めてから、時間の問題が気になっている。直接には、いま述べたように、国際法の世界で時間という要素が便宜的に使われていると気づいたことがきっかけだった。だがそもそも「時間」というものが、わたしたちが信じているほどには確かな・普遍的な・画一的なものでないのではないか、と思うのだ。

『時間は存在しない』というとても面白い本がある（カルロ・ロヴェッリ著・邦訳＝NHK出版）。哲学や文学上の考え方とか、錯覚を含む人間の感じ方とかを論ずる本ではない。理論物理学者が量子力学にのっとって「時間」というものを分析した、自然科学の本である。量子とは、物質などを細かく分けた場合の最小の単位で、電子や陽子や中性子などがそれに含まれる。

そうして「時間」を細かく分けた場合に、最小値がいくつになるかは分かっていて、「10のマイナス44乗」秒であるという。それほど小さな単位になると、人間の知覚ではもはや認識できなくなる。それがいくつもまとまったときに初めて、一定の「時間」と認識できることになるが、量子力学から見るとかなりぼやけた認識でしかない。

ということで、時間というものはわたしたちが考えているほどはっきりしていない、ということが「科学的に」証明されるのだが、ぼくが不正確に伝えるより本を読んでいただくほうがよいだろう。

わたしたちの日常に引きつけて、よりわかりやすい例を挙げるなら、時間の流れは高地では速く、低地では遅いという。実際、飛行機に正確な時計を載せたところ、その時計は地上に置かれた時計よりも遅れたという実験結果がある。また、人間がある場所にじっとしていると時間が速く進み、前後に歩き回るとゆっくり進むのだそうだ。

こうして、どの場所でも・どういう動作をしていても「共通な」時間は存在しない、ということになる。さらにまた、「いま」というものも、実ははっきりとは決められない。たとえば、4光年先の星にいる人を望遠鏡で見た場合、見える像は、実は4年前のそれ。「いま」ではないのだ。

ならば、過ぎ去った過去と、まだ到来していない未来と、「いま」目の前にある現在とがどう区別できるのか。それこそが「時間」なのではないか――。ところがそれは量子論的には証明できない。だから最後は脳科学の助けを借りて説明される。これがすこぶる面白い。つまり、人間の脳を形作るのはニューロンだが、それらをつなぐシナプスに、人類の歴史の痕跡が無数に残されていて、それゆえに或ることが「過去」だと認識できる、というのだ。そこに痕跡の残されていない事柄についての予測が加えられ、それは「未来」となる。残りが「いま」、「現在」。

少しむずかしいが、そこで言われていることは思いつきではない。同時に、ちんぷんかんぷんの科学ではなく、人間存在とは何かに目をこらす洞察でもある。つまり、わたしたちは時間についても空間についても「矛盾のない世界」を見ていると信じているが、それは「わたしたちの途方もなく愚かな脳にも処理できるように、過度に単純化した言葉でまとめた」だけなのだ。なるほど。

時間どろぼうの世界

自然科学の知識がないとむずかしいが、実に刺激に富んだ本である。わたしたちの常識がいかにあやふやであるかを解き明かし、かつ、あやふやにしておくしかない場合もあることを、人間の愚かしさへの愛をこめて伝えている。

だが、博覧強記なこの本だが、腑に落ちない点が一つだけある。たくさん掲げられている参考文献の中に、ミヒャエル・エンデの『モモ』（邦訳＝岩波書店）が挙げられていないのだ。この本もすぐれた本だ。まだ年端のいかない子供にはむずかしい面もあるが、自分がむかし子供だったことを忘れていない大人には、何度読んでも面白い。

ご存じのように、独特の感性をもったモモという女の子が、「時間どろぼう」という一団の悪漢たちに立ち向かう物語だが、ストーリーがわくわくするだけでなく、時間についての鋭い洞察がふんだんに取り込まれているのだ。たとえば、登場する子供たちの討論会で「時間っていったいなんだろう?」と一人が言い、それに別の子供が「もしかすると原子みたいなものじゃないかしら」と言う。エンデは量子力学を知っていたのかもしれない。

そしてこの本は、何より、人間を見る目において美しい。「人間は一人ひとりが自分の時間をもっている。そしてこの時間は、ほんとうに自分のものである間だけ、生きた時間でいられるんだよ」、という具合に。不確実さの中でも人間に希望を与える、輝きにあふれた本だ。

ソウルの裁判所で揺さぶられた「時間」。日本人も韓国人も、そこから再び、この70年あまりの「時間」の、正しい処理の仕方を学び始めるのだろう。判決を論評したイタリア人国際法学者が、単純明瞭な答えは避けつつ、最終的には「それでも地球は動く」ということになるだろう、と述べた。皆が受け入れられる答えを探し続けることが、「時間」の究極の意味である。そうして複雑さに耐える精神こそが、いつか正しさを見つける。

平和ならざる世界で

2021年8月号

世界は間違っている

梅雨の晴れ間、涼やかに風が流れて行く。透きとおった空の色を引いてきたのか、青みを帯びた風だ。コロナに閉ざされた世界でも、ときどき苦しみの奔流がおさまり、ささやかだがはっとする美しさが与えられる。こんな恵みがあれば、もう少し耐えられそうだ。

他方で同時に、世界はあまりやさしくないな、と思う。パレスチナを見ても、ミャンマーを見ても、香港を見ても、世界が現地の人たちに対してやさしいとは、とても言えそうにないではないか。

たとえばパレスチナ。「イスラエルには自衛権があるから反撃してよい」と言う短兵急な人もいるが、なぜパレスチナの人々が自暴自棄になって攻撃をするか、それを考えなければこの地域の紛争解決の役には立たない。いくら迂遠でも、少なくとも1948年の武力紛争開始の時点から話を始める必要があるのだ。

そしてミャンマー。民主主義にのっとって選挙結果を尊重してほしいと平和的に主張しているのに、軍に蹴散らされる人々。殺されてもひるまずに立ち向かう人々に驚嘆し、敬意を覚えずにはいられない。国民の生命と安全を守るべき国軍が人間たちを平気で殺すとは、何という矛盾だろう。軍は最悪の場合、権力の私兵になるのだ。

香港でも、民主化勢力はいよいよ沈黙させられたらしい。蹴散らされ、投獄され、権力の裁判で犯罪者にされ……。ウイグル自治区に関しても言えることだが、中国政府は国民の声を聞くことによほど自信がないのだろうか。権力者が言うことはいつも同じで、論証もない。いわく「自分たちは正しい。下々は誤っている」。

こんなことが、あちらでもこちらでも、何年も続いている。世界はやさしくないのだ。今年は米国で17年ゼミが発生しているという。ニュースで無数のセミの映像を見て思った。前回、17年前の大発生のときも、その17年前のときも、さらにその前も、パレスチナの人々は国際法に反してイスラエルの軍事占領下に置かれていた――。おそらく17年後もそうだろう。世界の何かが間違っている。

平和研究の日々

5月のある日、アメリカその他の友人から、連絡網を通じて「久しぶりに集まろう」という呼びかけが流れてきた。もうふた昔ほど前まで活発に集まっていた、平和研究の仲間である。

世界秩序モデル・プロジェクトという名の集団で、その当時は世界でも相応に注目されていた。

戦争の廃絶に向けて「暴力を極小化すること」、人権の保障に向けて「社会的正義を極大化すること」、貧困の解消を目指して「経済的福利を極大化すること」など、いくつかの目印を立てて、それにそった研究と言論活動をする。思い起こしても、ずいぶん活発に活動していたものだ。

気心の知れていた東欧のラドミラから、すぐに追っつけのメールが届いた。あのころおチビちゃんだった娘のアーニャはドイツの大学で勉強しています、卒業して日本企業に勤めるのよ。え、あのおチビちゃんが？　賢い子で、ベオグラードがＮＡＴＯ（北大西洋条約機構）の猛烈な空爆を受けた後のことを、幼稚園児とは思えぬほどしっかりした描写で語ってくれた。変な爆弾のせいで、指が６本あるカエルが生まれたの——。

話を元に戻そう。仲間たちで活発な思い出深い共同研究に励んでいたが、冷戦が終わるころに下火になった。冷戦が終わって「ほっと一息」が蔓延したのと、中心メンバーの何人かが高齢になったからだろう。

旧メンバー間の連絡が一段落し、ふと思った。生き生きと共同研究や言論活動をしていたが、望んでいたほどには世界が良くなってはいなかったのではないか——。

それにはいくつか理由があるだろう。一つには、世界がわたしたち人間に対してあまりやさしくなく、数名が懸命に活動しても改善が追いつかないらしい、ということ。もう一つには、「このように世界を組み立てよう」と、前向きの運動をするだけでは、物ごとはあまり前に進まないのかもしれない、ということ。

前向きの何が悪いのか、と言われるだろうか。しかし、大きな目標を掲げて前進しようとすると、進むときは進むが、気がつくと多くの人はうしろに残っていることもある。だから、たとえば平和を求めて運動するとき、無条件に「平和は価値があるから」と言っても、必ずしもうまくいかない可能性もあるのだ。

それに代わるものは何か。それは、具体的な失敗と苦痛に根ざし、この失敗をくり返すまい、という決意を運動にして行くことだ。ヒロシマの平和記念公園にある、「過ちは繰返しませぬから」の思想である。

これは大切なことではないだろうか。とりわけ、戦争において、普通の場合、国々は勝利からは次の平和を学ばない。勝利の美酒に酔い、「次も勝てる」と錯覚しがちだからだ。日露戦争後の、そして第一次世界大戦後の日本を見ればよい。そう考えると、むしろ敗北のほうが人々に多くを教えるのかもしれない。

敗北を抱きしめる

1945年の敗戦のあと、日本は大きく変わった。この最後の戦後（になることをあらためて願うが）について書かれた、ジョン・ダワー著『敗北を抱きしめて』は、不朽の名著である（原著1999年、邦訳＝岩波書店）。

ただこれは、敗戦後に日本人が敗北経験を大切にし、平和国家建設に邁進した、という表面的なおさらいの本ではない。そうではなく、複雑な紆余曲折があり、戦後日本の入り組んだ成り立ちをもたらした、と解き明かす本なのだ。

とくに、敗北を「抱きしめた」のが日本と日本国民だけでなく、占領支配をしたアメリカもまた、日本の敗北をともに抱きしめ、自国の政策に活用した、という視点が重要である。平和日本が急成長したことを「日本モデル」と呼んだりしたが、精確には「占領軍総司令部と日本の合作モデル」と呼ぶべきものだった、と著者は言う。

たしかに、敗戦後の国内にさまざまな反省はあったものの、ふり返ると奇妙というしかないことも多い。占領軍はただちに「解放軍」と意識されるようになった。1951年にマッカーサー元帥が解任されて帰国するときには、官民あげて熱烈な送別の辞を手向けた。当時の毎日新聞は、同元帥が羽田から飛び立つ日、「ああマッカーサー元帥、日本を混迷と飢餓から救ってくれた元帥、元帥！」と泣かんばかりに書いた。「その窓から、風にそよぐ青い麦をご覧になりましたか。（中略）それは元帥の5年8カ月の成果であり、日本国民の感謝の象徴でもあるのです」（英語原文より訳出）。「異常なほどの興奮だ」とダワーはあきれている。

この占領軍総司令官にも、彼の母国のアメリカにも、敗戦国日本が感謝すべき点はあった。それにしても、この記事以外にも見られた「興奮」は、この国が驚天動地によっても表面的にしか変わらないことが多い、ということを示している。事実、この直後、帰国したマッカーサーが日本人の成熟度を「12歳の少年程度」と言ったことが報じられると、同元帥の神格化は潮が引くようにおさまった。

日本が敗北から学んだものも少なくなかったが、平和国家としての自己追求をほんとうに行うためには、さらに別の決意が必要だった。事大主義的に占領国にすり寄るだけでなく、みずからの道を主体的に歩むことである。そういう道を、わたしたちは歩み出しただろうか。

湾岸戦争

今年はアメリカとその同盟軍がイラクに対して猛攻撃した戦争、いわゆる（第一次）湾岸戦争から30年に当たっている。イラクが隣国クウェートに軍事侵攻し占領したのを契機に、クウェートを解放することがいちおうの目的だった。軍事能力の限られたイラクは大軍の相手ではなく、ミサイルの集中砲火を浴びてひと月あまりで敗北する。

クウェートへの侵略は法的にも政治的にも許されることではない。それにしても、平和的な手段を尽くさずにこのような猛攻撃をかけ、無辜《むこ》の市民まで殺害する戦争があってよいものだろうか。

ぼくは新聞やテレビなどにも出て反対意見を述べた。日本も参戦すべきだという声が出ていたこともあり、このように性急で過剰な武力行使をすると、犠牲になるのは国連の平和建設活動と日本国憲法だ、と確信していたからだ。

だが、あるテレビの世論調査に大きな衝撃を受けた。戦争への賛否を問う世論調査で、日本国民の多数がこの戦争に賛成しているという結果が出たのだ。過半数を超えるといった数値ではなかったが、いくつかの選択肢のうち、最も多かったと記憶している。ぼく自身、「親方」たるアメリカが行う「正義の戦争」に反対するのか、という非難もたくさん受けた。なおも残る、「親方星条旗」の思想——。

日本国民の多くは他国の戦争ならばあまり疑問に思わずに賛成するのか、と考えた。それから受けた衝撃は深い。日本国憲法の平和主義とは、「わたしたちは戦争に巻き込まれるのはイヤです」と言うだけでなく、国際社会に戦争があってはならないし、「暴力の極小化」をめざすということではなかったのか。

だが、自分はそう考えていたが、国全体・国民多数という意味では、そのような理解が浸透していたわけではなかったのだろう。国民多数の決意がその程度でしかないなら、憲法の非戦条項が壊される日も遠くないかもしれない――。2015年に「安全保障関連法」が強行に立法されたとき、ぼくが思い起こしたのは、24年前のその不安だった。

夢遊病者たち

3月末で宮仕えを定年退職し、研究と執筆の日々になった。自宅でもできる仕事だが、こもり切りになるのもよくないし、週に一度か二度、前に長く勤めた国際基督教大学の図書館で勉強させてもらうことにした。館内のキャレル（個人席）に腰をおろすと、広い芝生や、ヒマラヤ杉やケヤキの高い木立が視界に入り、心が落ち着く。

このキャンパスで過ごしていた時代に世界秩序モデル・プロジェクトの活動に心を躍らせ、学生たちと国内外で平和学習に励んだ。だが、学生たちに平和を説いても、このキャンパスの外では平和から程遠い事態がおさまらずにいる。そのことに無力感を覚えて、夕暮れの教室の窓から大学教会の鐘楼を見つめ、一人たたずんだこともあった。

だがそれが、虚しい日々だったとは思わない。平和が50年とか100年とか、短時間で実現するとは思っていないし、それどころか、わたしたちはそういう世界を求める歩みを止めないためにこそ生きている、と考えるからだ。明日にでも戦争なき世界が実現すると信ずるからではない。大学もまた、そういう人間を育てるためにこそある。

キャンパスを歩いていると、ときどき、見ず知らずの学生が「こんにちは」と挨拶して過ぎていく。ぼくも挨拶を返し、豊かな気持ちになる。この学生たちなら、100年先の理想に向かって耐えてくれるだろう。でもある日、そうして挨拶を交わしたあと、この大学で30年も教えていた間、ぼくは学生たちに十分に奉仕しただろうかと、ふと自省の念にとらわれた。

平和は勝手には訪れない。一度や二度の敗北によっても簡単には得られない。平和を壊す力や精神なら世界にはいくらでも存在するから、それに息長く抵抗する人間たちが常に存在し続けなければならないのだ。それをこの大学で、ぼくは十分に育むことができたか――。

第一次世界大戦の勃発過程を追ったクリストファー・クラークの名著、『夢遊病者たち』(邦訳＝みすず書房)は、事態が刻々と悪化し続けるなか、何も気づかぬかのように戦争に突き進んだ当事者が多かった、と言う。そして、その人たちは「どれも夢遊病者だった」、とも。抱きしめるべき、歴史の教訓だ。

いつも目をこらしていよう。わたしたちの周りにはいつでも戦争を求める夢遊病者がいるのだから。そしてわたしたち自身が夢遊病者にならなければ、それは平和への立派な貢献なのだから。

穏やかな時間

2021年10月・書きおろし

コロナの夜

2020年3月末の夜おそく、ぼくはバーゼルの住まいに近い、ペータース教会の前にひとり立っていた。コロナ状況の悪化により前倒しで帰国しなければならなくなり、飛行機の予約変更やら成田から自宅までの移動の確保やら、途中であきらめかけるほど大変な手続きをようやくこなし、ほてった頭を冷やそうと表に出たのだ。

街はすでにコロナの沈黙の中にあり、ふだん以上に静まり返っている。外に出て深く息を吸い込んだ。その時まで深い呼吸もせず、春の空も見上げていなかったのだ。その瞬間、教会の中からオルガン演奏が聞こえてきた。バッハのパッサカリア。彼の唯一のパッサカリアだ。ようやく自分を取り戻した夜の、コロナのそばで暮らし始めた夜の、孤独に満ちたバッハ。ぼくは教会の前に立ち尽くしてその演奏を聴いた。

約10分後、演奏が終わる。その時に初めて、妙なことに気づいた。教会の小さな窓からも、光がいっさい見えていなかったのだ。オルガンのそばの照明だけを使っていたのかもしれない。聴き始めた時も、聴き終えた時も、教会の内部は暗いまま。奏者が外に出てくることもなかった。その時ぼくは、歴史が大きく変わる瞬間の、とても不思議な儀式に立ち会っていたのかもしれない。

そのわずか数日前、そこから程近くにある同僚のスザンナの家に招かれ、友人たちと食事を楽しんだばかりだった。用心は始まっていて、握手やハグはしない。しかしマスクもせずに普通に食卓で話し、台所でああだこうだおしゃべりしながら共同作業したのだ。そもそも、ぼく以外は誰もマスクなど持っていなかった。今日ではもう、そんなことはできないな、と思った。

たっぷりと夜も更けた住まいに戻ると、別の同僚のコーネリアからメールが入っており、明朝のタクシーの手配などは終えました、とあった。急な帰国の手順をあれこれ、死にものぐるいで手伝ってくれた同僚である。すぐに返信し、いままでペータース教会の前でバッハのパッサカリアを聴いていました、と伝えた。音楽に詳しい彼女からもすぐに返信があり、こんな日にあの寂しい音楽を?……と書いてあった。

そのとおり、盛り上がることのないハ短調のオルガン曲で、まじめさに満ちたバッハの音楽の中でも、ひときわ地味な曲だ。しかし、あの夜の音楽としてそれは、おそらく最適な曲だったろう。世界と歴史が変わり、愛する街から去らねばならない前夜の、どうしようもない孤独感と呼吸を合わせてくれる曲目だった。

バッハは誰の孤独感にも穏やかに寄り添う。いかに深い孤独であっても、必ずそれに見合う音楽を用意している。ひょっとして、キリスト教信仰の深さと孤独感の深さは比例しているのかもしれない。信じれば信じるほど、一人で立たねばならないことが多くなるのかもしれない。

札幌の夏

たまにはコロナの話をわきに置こう。

夏の数日、札幌を訪れた（２０２１年）。手術をした友人の見舞いに出かけたのだ。幸い状態はよく、短い滞在の間、しばし散策をし、ゆったりとおしゃべりもできた。

秋にはバーゼルに帰れるかなと言うと、友人は年来の疑問（だったらしい）をつぶやいた。まだバーゼルに居を構えたわけでもないのに、どうして「帰る」と言うんだい？

それもそうだ。住民票は東京に残しているのだし、登記をした住まいもそこにあるのだから。「陶淵明《とうえんめい》の心境かな？」と彼が聞く。「帰去来《ききょらい》の辞《じ》」の冒頭、「田園まさに荒れなんとす。なんぞ帰らざるや。」を指していたのだろう。いや、ちょっと違うね、だいいち、バーゼルは荒れてなどいないのだから。

そうではなく、あの街と、勤務先の研究所の醸《かも》し出すディーセンシー（decency）に一撃でとらえられ、その瞬間からあそこが「訪れる」場所ではなく、自分が自分であるために「帰る」

場所になった。そうぼくは答えた。

ディーセンシーとは、日本語で端正さとか品性とかと訳されるが、ぴったり対応する日本語はない。まあ端正さという言葉を当てておけばよいと思うが、それがあの街と研究所とに満ちているのだ。だからそこに「帰る」。

コロナで日本に閉じ込められている間、ディーセンシーとはおよそ縁遠い出来事と人々に遭遇したこともあり、あそこに帰りたいと考えていたのだった。

もっとも友人は、帰去来の辞のもう少し先の連を考えていたのかもしれない。

木は欣欣《きんきん》として以《もっ》て栄《えい》に向《む》かい　（木欣欣以向榮）
泉は涓涓《けんけん》として始《はじ》めて流《なが》る　（泉涓涓而始流）
万物《ばんぶつ》の時《とき》を得《え》たるを喜《よろこ》び　（喜萬物之得時）
吾《わ》が生《せい》の行《ゆく》ゆく休《や》むに感《かん》ず　（感吾生之行休）

（引用は『中国名詩選』岩波文庫より）

だとすれば、バーゼルとのつながりはともかく、自分の感慨を言い当てているかもしれない。穏やかな時間を必要としている、という意味においてだ。

同時に思う。穏やかな時間と言うなら、いま目の前にある、札幌でも同じではないか。都心の一部の雑踏はともかく、そこを少し離れただけで、澄みきって美しい街並みや、木々や清流が広がる。街の中心部の大通り公園では、大勢の人たちが花壇の植え替えをやっていた。マリーゴールドだったろう。そしてそのそばでは、近くの保育園の子供たちが、イサム・ノグチ作の「遊ぶ彫刻」、ブラック・スライド・マントラを、歓声をあげて次々と滑り降りていく。

豊かで穏やかな時間だ。必要なことは、どの街であるかではなく、そのような時間が与えられるかどうかなのだと思う。

のびやかに書き記す

そのような時間をこそ、最期にわがものとしなければならない。そう考えると同時に、「いくつになったらこういう文章を書いてもよくなるのだろう」、と思う文章に行き当たることが多くなった。陶淵明のように、俗世間の不快な事柄から解放され、気遣いなく妄執なく、世界の苦悩をすべて背負いこむこともなく、浮き雲のように軽く筆を走らすだけ。そのくせ実は、眼光紙背に徹し、語らずとも全てを見抜いている、そんな文章。

小沢信男著『暗き世に爆《は》ぜ　俳句的日常』（みすず書房）は、そういう味わいの本である。俳人である著者の遺作となった。スジを通すことを忘れた社会への怒りをためこみながら、流れ出る文章はあくまで「軽み」を崩さない。どこか俳人・小沢変哲（別名・小沢昭一）の飄々とした語りに似ている。でもこの人は、あれやこれやでわたしたちが落ち込んだ「暗き世」にあって、晩年を迎えた人ならではの「爆発」をしているのだ。

こういう変幻自在の文章は引用に困る。国際法の本ならば、引用する個所もあっさりと限定できるのだが。にもかかわらず引用するなら、たとえば、「竹馬や子は風の子も語り草」（小沢変哲）に続く、次の文章。

そんな悪ガキ時代が不足な分ほど、せっかくの青春期に鬱屈がつのるのか。人さらい、人殺し、いつの世も異様な出来事は絶えぬにせよ、ほんとうは死にたくない自殺願望者を何人も殺してのけたり。余計者と決めこみ十何人もお国のためにかたづけてしまったり。

このような文章を何歳で書いても法に触れるわけではないのだが、やはり、それを書いてもおかしくない歳というものがある。そろそろ人生の店じまいも近い方なればこそ、（礼節と品位を保ちっつ）言いたい放題、社会批判は寸鉄釘を刺し、しかし破調ぶりに読み手はふふっと笑ってしまう。

敬体（です・ます体）も常体（だ・である）も行ったり来たりの自由自在、そして全編に漂う、かつての東京下町の、穏やかだった時間の流れ。

たしかに、たとえば小沢さんもよく書いたが、昭和40年代までの東京はまだゆったりしていた。都電が縦横に走り回り、都心を流れる神田川ではゴミ運搬船がのんびりと行き来していた。住宅街でも豆腐屋さんのラッパや、夜鳴きそばのチャルメラが聞こえていた。

そういう思い出は、一つ間違えると単なるノスタルジアの追いかけで終わってしまうが、もうじき生を終える人が「それらに執着せずに世を去る」と書きつけると、すべてがいさぎよさに変わる。それを本当に失うのは、残されたあなたたちなのだ、という遺言とともに。

いつか、そういう文章を書かせてもらえる日が来るだろう。そのためにまず、自分が穏やかな時間を過ごさねばならない。

さとうきび畑から

とはいえ、問題は晩年の仕事かどうかにあるのではない。清栄の盛りにあって仕事をしている場合でも、透徹しつつ、かつ穏やかさを表現する仕事はありうるだろう。おそらく、文章以外の表現手段のほうが、それに適しているかもしれないが。

ある日、1枚の写真が驚くほど鮮やかに、しかしどこまでも心を和ませてくれるように、目に焼きついた。

小さな町か村の、学校帰りの中学生らしき女子が3人。カメラを向けた人のほうをにこやかに振りむき、歩きながら一人はVサインを送り、一人は大きな笑みを嬉しそうに向け、もう一人は踊りのポーズさえとって見せている。石垣沿いの田舎道、3人とも屈託なく生気に満ちて——。

最近の風景なのに白黒写真で、みごとなまでの「瞬間」の切りとり方だ。出典も見ずに、ぼくはなぜか、これは沖縄だと確信した。一瞬、踊りの仕草をした女の子の両手の型が、カチャーシーのそれに似ていたからかもしれない。

出典を見て、大石芳野さんの「さとうきび畑からの風」と題する連作写真であることを知った。やはり沖縄だ。それにしても、なんと穏やかな、希望を与える画像なのだろう。これまで、戦場などから人間の悲惨を見つめるすぐれた写真を送ってきた方が、まさしくその延長上で見すえる、苦難を乗り越えてきた人々の穏やかさだ。

小冊子『みすず』の表紙を飾る連作写真だが、翌月の写真も心をとらえた。沖縄のどこかの、お祭りの風景だろう。中年の女性が二人、向き合ってカチャーシーを踊っている。腰がピタリと決まり、手の型も美しくはまり、こちらを向いている女性の表情はにこやかで、まるで法悦のようだ。

その次の号の写真もまた、思わず目が釘付けになった。おばあちゃんと孫の少女らしいが、おばあちゃんが前に立つ孫の体にやさしく腕を回している。少女の腕の中には小さな飼い猫。

花模様だが割烹着らしきものを着たおばあちゃん。その顔には深いシワが何本も刻まれているが、きりりとした端正な顔立ちだ。そしてこの瞬間にとらえられた少女の表情がすばらしい。微妙に笑みを浮かべているように見えて、同時に口元をしっかりと一文字に結び、カメラの視線に負けまいとするかのようだ。祖母から孫へと受け継がれる、けっして譲り渡さず守り抜くものがあるのだろう。平和で穏やかであると同時に、民族の誇りに堅く立ち、観る者の心にも希望と光を与えてくれる。

フランスの哲学者ジャン＝ポール・サルトルは、亡くなる少し前、世界は絶望的だが自分はそれに抵抗して希望の中で死んでいく、と語った。もっとも、その希望を自分でつくり出さねばならないけれどね、という但し書きを添えてではあったが。

だがそれが世界であり、生というものだろう。絶望的でも自分で希望をつくり出し、その希望の中で死んでいく。いや、力を合わせて自分たちで希望を生み出す。穏やかさというものも、ただの無為ではなく、そうして希望に賭け続けるところに生まれるのではないか。

あとがき

『婦人之友』誌の原稿を書きつけるたび、それを丁寧に読んでくださる読者の皆さんの視線を感じます。それに励まされながら毎月の連載を続け、気がついたら第一巻のあとさらに40回ほど重ねていました。淡々と書き続けた連載を、婦人之友社のご好意でまた単行本にさせていただくことになり、望外の喜びです。

２０１８年秋から２０２１年の夏まで、足かけ3年。この間、２０２０年からの号のほとんどはコロナと共にある日々でした。生活の半分を占めていたバーゼルにも帰れず、東京で様変わりした世界を見つめ続けていたのです。誰もが耐えているなかで、どうすれば共に希望を保てるようになるか、毎号それだけを考える月日でした。

この巻の最後、書きおろしの章を書いているさなかに、十代目・柳家小三治師匠の逝去が伝えられました。まことに粋《いき》の極みで、つくづく惜しい噺家をなくしたものと思います。この方の秀逸な「まくら」の一つに、「あたしたち噺家なんて適当に出まかせを言って気楽なもんだ、と皆さん思ってるでしょ？　しかし、……そうなんです、適当に出まかせ言ってるんです」、と言って客席をわかせる芸がありました。もちろん、この人の芸は出まかせなどではありません。よくよく練られているのに、出まかせのように軽く吐く。さじ加減の絶妙な名人でした。『婦人之友』の連載も、さじ加減のむずかしい仕事です。読者の皆さんに合った知的な話題で、同時に、読み終えたときに少々の安らぎと希望が残るように書きたい。それにしても、名人・小三治の境地にはなかなか達しないものだと、遠くへ旅立った先人の偉大さをあらためてかみしめています。

この間《かん》、多少の進歩はありました。年ごとに、世界のありようも自分の生も、思うようにはならぬものだと痛感するようになったのです。読者の皆さんも、思うようになる方よりならない方のほうが多いでしょうから、ようやく書き手が読み手に追いついたのかもしれません。それでも希望を捨てずに保つことが、どうすればできるか。出まかせのフリをする芸は持っていないし、そうする必要もありませんが、不公正と悲惨の多い世界へのささやかな抵抗を、少しは明るく書きつけることができればと願っています。

ささやかでもぶれない言葉を残すこと。それを可能にしてくださった編集部、そして目立たずに支えてくださる婦人之友社の皆さんに、心から感謝します。

2021年12月

最上敏樹

最上敏樹 *Mogami Toshiki*

国際法学者、バーゼル大学客員教授。1950年北海道生まれ。1980年より国際基督教大学教授、同大学平和研究所所長を経て、2011～21年まで早稲田大学教授。日本平和学会会長、アジア国際法学会日本協会理事長などを歴任。著書に『未来の余白から――希望のことば 明日への言葉』『国境なき平和に』『国際立憲主義の時代』ほか多数。2015年より『婦人之友』に「未来の余白から」を連載中。

未来の余白からII
稲やかな時間 感謝のとき

2021年12月10日　第1刷発行

著者　最上敏樹
発行者　入谷伸夫
発行所　株式会社 婦人之友社
〒171-8510
東京都豊島区西池袋2-20-16
電話 03-3971-0101（代表）
https://www.fujinnotomo.co.jp
編集　雪山香代子
装丁・本文デザイン　坂川事務所
印刷・製本　シナノ書籍印刷株式会社

ISBN978-4-8292-0973-8